KB192918

우리가 열 번을 나고 죽을 때

wefic

우리가 열 번을 나고 죽을 때

성해나

위즈덤하우스

차례

문 교수는 내가 의심이 많아 택했다고
했다. 내가 쓴 성적 이의서를 읽고 서머스쿨에
넣었다고. 가타부타 말을 없는 대신 그
말만 했다. 왜 하필 이본과 나를 한 팀으로
묶었냐는 물음에 문 교수는 역시나 심플하게
답했다.

거기는 자기 확신이 강하잖아. 여기는 그
반대고.

서머스쿨은 문 교수가 이번 학기에 새로
개설한 비정규 수업이었다. 하계 방학 6주

주말마다 경주에 머물며 고택을 연구하고 개축 설계하는 프로그램. 건축학과 4학년 중 두 사람만 참여할 수 있었는데 무슨 연유인지 나도 선정되었다.

문 교수와 면담하는 동안에도, 그다음 주말 경주로 내려가는 중에도 내내 얼이 빠져 있었다. 왜 나를 택했을까. 정말 성적 이의서 때문일까. 이본이면 몰라도 나는 문 교수에게 선택받을 만한 학생이 아니었다.

도대체 왜 나일까.

한 학기 내내 등고선만 그린다는 이유로 문 교수의 수업은 악명 높았다. 그의 수업에서는 연필 제도를 해야 했다. 1학년부터 캐드나 스케치업 같은 3D 프로그램에 길들여진 우리에게 그의 아날로그 방식은 당혹스럽기 그지없었다. 80~90년대에나 통용되던 연필 제도를 문 교수는 강경히

고수했고, 정말 한 학기 내내 등고선 그리는
훈련만 시켰다. 같은 높이의 지표를 잇고,
경사를 고려해 건물 위치와 진입로를 정하는
단순하고 지루한 작업을 세 시간 내리
이어갈 동안 문 교수는 뒷짐 진 채 학생들을
잠자코 살피기만 했다. 뒤통수에 그의 시선이
느껴지면 손이 굳었고, 행여 옅은 한숨
소리라도 들리면 작업물을 슬며시 감추곤
했다.

　한숨 정도는 오히려 안심이었다. 문
교수는 학생들을 거기라고 불렀다. 그가
누군가를 가리키며

　　거기야, 너는…… 어휴, 됐다.

　고개를 저으면 이제껏 그린 등고선을
전부 지워야 했다. 그 학기가 끝나고 총 네
명이 휴학했는데 그게 다 문 교수 때문이라는
소문이 돌 정도로 힘겨운 수업이었다. 나

역시도 휴학을 고려했으나 이미 띄엄띄엄
1년을 쉰 상태였고 졸업은 해야지 싶어 한
학기를 묵묵히 버텼다. 요행 없이 임했으나
필사적이지도, 돋보이지도 않았으니 재수강만
면하면 그만이라고 생각했는데, 문 교수는
내게 A플러스를 주었다.

　　성적 입력이 완료되기 나흘 전, 문 교수의
연구실에서 면담을 했다. 연구실은 구관 3층
복도 맨 끝에 있었다. 북향이라 볕이 잘 들지
않는 구관 건물은 여름이 짙어가는 시기에도
서늘했고, 팬이 사라진 선풍기나 부품 없는
컴퓨터 본체가 복도에 방치되어 있었다.
신관이 준공된 뒤 이제 구관을 사용하는 건
건축학과 학생들뿐이었으나, 방학을 앞둔
시기라 한산하기 그지없었다. 스프레이실에서
풍겨오는 미약한 용제 냄새도 나지 않았고,

설계실에서 밤을 새우고 클렌징폼으로 머리를 감는 졸업반도 보이지 않았다. 어두운 복도에 내 발소리만 터벅터벅 울렸다. 올겨울 전에 구관이 철거된다는 소문이 동기들 사이에서 번지고 있었다. 다른 학과에 비해 충원율이 저조한 건축학과가 폐과된다는, 근거 없지만 낭설이라고 부르기 힘든 이야기도.

문 교수의 연구실은 온갖 서적과 우드락 모형으로 너저분했고, 발로 짐을 밀어 치운 듯 그가 앉은 자리만 대강 말끔했다. 등을 젖힐 때마다 삐걱거리는 낡은 듀오백에 앉아 문 교수는 무언가 골똘히 들여다보고 있었다. 그가 보고 있는 것이 내가 이번 학기에 그린 등고선 도록이라는 것은 자세히 보지 않아도 알 수 있었다. 문 교수는 내게 한마디 붙이지 않고 도록만 살피다 한참 뒤에야 운을 떼었다.

내가 왜 손으로 등고선을 그리라고 한 것

같아?

　　문 교수는 두 팔을 의자에 걸친 채
손깍지를 꼈다. 나를 주시하는 문 교수를 보자
입이 말랐다. 초심을 되찾기 위함이라고 해야
되나, 나의 부족을 돌아보기 위함이라고 해야
되나. 질문의 저의를 헤아리며 신중히 답을
골랐다.

　　컴퓨터로 만지는 도면과 손으로 그리는
도면은 다르니까…… 감각의 차이를 깨닫기
위함이 아닐까 생각하는데요.

　　문 교수는 대답 대신 내 도록을 다시
살폈다. 침묵 속에서 종이 넘기는 소리만
퍼졌다. 한참 뒤 문 교수가 말을 이었다.

　　성적 이의서는 왜 제출한 거야?

　　출석이나 과제 점수가 누락되거나
성적이 지나치게 낮다고 이의를 제기한
학생은 있었어도 성적이 예상보다 높아

이의를 제기한 학생은 교수 인생 17년간 나 하나뿐이었다며 문 교수는 허탈하게 웃었다.

A플러스를 준 게 내 오착이라고 생각한 거야?

그건 아니고…….

뭐야 그럼?

내가 성적 이의서를 제출한 건 순전히 자기 의심 때문이었다. 박하다고 정평 난 문 교수가 A도 아니고 A플러스를, 다른 사람도 아니고 내게 주었다는 사실이 믿기지 않았다. 학부 4년 동안 뚜렷한 성과를 거둔 적도 없고, 크리틱에서 열에 아홉 번은 혹평받으며, 허리 디스크와 과민성대장증후군 때문에 야작조차 제대로 참여하지 못하는 고학번인 내게. 에둘러 이유를 털어놓자 문 교수는 허, 하고 웃은 뒤 쓰고 있던 안경을 셔츠 자락에 쓱쓱 문질러 닦았다.

점수 물러줘?

아뇨, 그건 아니고…….

세부 성적은 적어두었던 것 같은데, 개별 피드백 해줘?

아뇨, 아뇨! 그래서 그런 게 아니라…… 제가 A플 받을 만큼 잘하진 않은 것 같아서요.

덜 닦여 렌즈 군데군데가 희뿌연 안경을 고쳐 쓰며 문 교수는 물었다.

원래 그렇게 에고가 약한가?

무슨 뜻인지 한참 생각하고 있는데 문 교수가 다시 뜻 모를 말을 이었다.

그게 건축하는 동안 도움이 될 것 같긴 한데, 발목도 잡을 것 같고…… 아무튼 이번 여름이 거기한테는 큰 숙제가 되겠어.

그런 일이 있고 나흘 뒤 서머스쿨에 참여하라는 연락을 받았다. 왜 한 학기 동안 등고선을 손으로 그려야 했던 건지, 왜 문

교수는 내게 높은 점수를 주었는지, 그리고
이번 여름이 나의 숙제가 될 거란 말의
본뜻조차 깨닫지 못한 채 경주로 가는 버스에
올랐다.

❖

　　버스를 두 번 갈아타고 줄잡아 한 시간
반 걸려 경주시 산내면에 도착했다. 산내면은
경주시 남쪽 끝에 위치한 마을이었고
시내와도 꽤 떨어져 있었다. 회덮밥을 파는
허름한 노포를 제하곤 슈퍼나 변변찮은
카페조차 없어 정류장 근처 정자에 걸터앉아
이본을 기다렸다. 완만한 굴곡을 이루는 산이
산내면의 낮은 지형을 따라 푸르게 펼쳐져
있었다. 저걸 등고선으로 표기하면…… 하고
중얼대다 고개를 저었다. 지난 학기의 관습이

밴 건지 어딜 가든 머릿속으로 등고선을
그리고 있었다. 이게 문 교수의 의도였나.

마을은 고요했다. 텃밭에 고루 물을 주는
할머니만 눈에 띌 뿐 사람 기척도 없었다.
긴장이 풀린 건지, 여독 때문인지 금세
몽롱해졌다. 이본과 만나기로 한 시간까지
아직 30분이 남아 있었고, 쉴 겸 정자에
드러누웠다.

아, 살 것 같다.

완두로 보이는 식물 넝쿨이 정자
기둥에서 지붕까지 얼기설기 휘감겨 있었다.
넝쿨 틈으로 햇볕이 드리울 때마다 초록빛
비가 내리는 것 같았다. 성큼 가까워진 여름을
느끼며 맹장이 있는 자리를 더듬어보았다.

문 교수는 중간 크리틱 때만 산내면에
내려오고 그전까진 메일로 간간이 소통하며
피드백을 주겠다고 했다.

'반드시 캐드가 아닌 연필로 제도할 것'

'클라이언트의 요구 사항을 우선적으로 반영할 것'

'현실적인 측면을 고려하되 복원과 보존, 그리고 지역 문제에도 각별히 신경 쓸 것'

문 교수의 메일엔 이런 권고까지 덧붙여져 있었는데, 그중에서도 지역 문제는…… 내겐 너무 어려운 지점이었다. 다른 교수들은 학생이 사이트를 서울이나 부산으로 두고 설계해도 개의치 않았고, 오히려 취업이나 포트폴리오를 위해서라도 도시를 모티프로 삼으라 종용했으나 문 교수는 달랐다.

경산을 사이트로 다루는 사람 아무도 없어? 어라, 경남, 경북도 안 다뤘네? 건축가가 내가 발붙이고 사는 곳을 뒷전으로 두면 어쩌자는 건데? 여긴 거기들한테 잠깐

머물다 가는 곳이라 이거야?

　　4학년이 시작되자마자 경북의 등고선을 작도한 것도 그 때문이었다. 문 교수의 태도를 월권으로 여기는 학우들도 있었지만, 그는 아랑곳 않고 경북의 지형을 파악하고 지역성을 제대로 해석하길 강요했다.

　　입학하기 전까지 나는 학교가 위치한 경산시는커녕 경상북도가 지도상 어디에 있는지도 몰랐다. 나뿐 아니라 다른 동기들도 마찬가지였을 것이다. 다들 나처럼 서울권 대학에 불합격하고 마지못해 지방대에 들어왔을 테니까.

　　그런 이유로 문 교수가 서머스쿨의 사이트를 경주로 지정해주었을 때에도 고민이 컸다. 4년간 경북에서 학교를 다녔지만 나는 이곳에 쉽게 정붙이지 못했다. 문 교수의 말처럼 이곳은 정주할 곳이 아닌 졸업하면

떠날 곳이었다.

자신 없어. 못 할 것 같아. 발을
접질렀다고 할까. 아니면 맹장이 터져서 못 갈
것 같다고 할까.

새벽까지 너절한 변명을 지어내다 들키면
더 곤란해질 것 같아 결국 산내면에 내려왔다.

수술 자국 없이 매끈한 복부를
손바닥으로 쓸며 지붕을 덮은 초록 넝쿨을
올려다보았다.

여기서 뭐 해요?

이본이 얼굴을 성큼 들이댔고 놀라 몸을
일으키다 그 애와 이마를 힘껏 박았다. 이본도
나도 이마를 문지르며 한동안 끙끙댔다.
참으로 난감한 첫 인사였다.

아, 진짜…… 조심 좀 하지.

미안해요. 못 봤어요…….

이본과는 동갑이었고 밤샘도 몇 번

같이 한 적 있지만 다른 동기들과 달리
데면데면했다. 이본과 나는 어울리는 무리도
달랐고, 시간표도 달랐고, 또…….

　노트북 안 가져왔어요?

　이본이 말했다.

　노트북이요?

　내 물음에 이본이 답했다.

　캐드로 도면 짜는 거 아니에요?

　문 교수의 권고에 따라 4B 연필 한
묶음과 크로키 북을 챙겨온 나와 달리 이본은
노트북만 가져온 모양이었다.

　교수님께서 연필로 제도하라고…….

　시간도 없는데 언제 연필로 그리고
있어요? 교수님도 너무해.

　말에 토를 달 틈도 없이 이본은 내게
점심을 먹었냐고 물어왔다.

　난 아직이어서요.

이 근처에 마땅한 식당이라곤 길 건너 회덮밥집밖에 없었다. 회덮밥을 권하자 이본은 미간을 좁히며 들고 있던 아이스 아메리카노를 정자에 내려놓았다.

날것은 별로. 그냥 커피로 때워야겠다. 먹고 싶으면 다녀와요. 난 여기서 기다릴 테니까.

눈치를 보다 슬그머니 말을 보탰다.

저도 입맛이 없어서…….

그럼 시간 낭비하지 말고 교수님이 알려준 고택으로 가죠.

이본이 자리에서 일어났다. 인원도 소수고, 밤샘 설계를 하다 보면 원수와도 친구가 된다는 건축학과에서 이본과 말조차 트지 않은 이유는 이런 성향 차 때문이 아닐까. 2학년 때부터 선배들의 졸업 설계 도우미로 불려 다니느라 유야무야하던 나와

달리 이본은 똑 부러지게 선배들의 부탁을
거절했다.

　모레까지 프로젝트 초안 발표해야 돼서요.
전 못 해요.

　적도 많았지만, 이본을 동경하며 위축감을
느끼는 이들도 적지 않았다. 나도 그중
하나였고.

　이본은 지도 앱을 켜고 문 교수가 일러준
주소를 검색하더니 앞서 걸었다. 멍하니
서 있다 허겁지겁 이본을 뒤따라갔다. 층을
많이 낸 이본의 단발이 산들바람에 부드럽게
흩날렸다.

　이본은 2학년 1학기에 응용수학과에서
건축학과로 전과했다. 건축은 전망이 좋지
않다며 타과로 전과하는 케이스는 흔했으나,
이본 같은 케이스는 드물었다. 2학년 주택
설계 수업 첫날, 줄리언 아벨레 교수는 이본의

출석을 부르며 반색했다.

이본 파렐과 이름이 같네요. 알고
있었나요?

네. 존경하는 건축가예요.

오, 그렇군요. 앞으로 눈여겨보겠어요.

다들 '이본 파렐'을 구글링하는 듯
강의실에 타자 치는 소리가 토독토독 울려
퍼졌다. 이본 파렐이 프리츠커상을 수상한
세계적 건축가라는 걸 나는 부끄럽게도 그때
알게 되었다.

줄리언 교수의 말대로 이본은
전과하자마자 주목받기 시작했다. 전과생이라
1~2학년 설계 과목을 동시에 수강하는데도
과제와 출석을 빠짐없이 했고, 영어로만
진행되는 줄리언 교수의 수업도 능숙히
따라왔다. 오히려 전공생보다 앞설 때도
있었다.

이본이 기말 과제로 제출한 협소주택
모델을 보며 줄리언 교수는 칭찬을 아끼지
않았다. 안도 다다오가 설계한 '스미요시
주택'의 확대안 같다며 중정을 거쳐야 실과
실을 오갈 수 있는 스미요시 주택의 구조적
결함은 싱쇄하고, 어디서나 자연을 누릴 수
있는 유기성은 잘 살렸다고 호평했다.

효율만 강조하는 현대건축에서 이런 안은
귀하죠. 내게도 귀감이 되네요.

나도 이본처럼 협소주택을 설계했다.
공사비 절감과 유지 보수가 용이한
협소주택의 강점을 부각했다고 발표했으나
줄리언 교수는 난색을 표했고 관자놀이를
짚으며 같은 질문만 되풀이했다.

재서, 이 주택의 사용자가 누구라고요?

……휠체어를 사용하는 노부부요.

은퇴자의 재정 사정과 건강 문제를

고려해 호기롭게 협소주택을 택했으나 생활공간을 3층에 몰아두어 노부부가 생활하기에는 무리였고, 설계 중 뒤늦게 오류를 감지해 수직 리프트를 끼워 넣긴 했으나 이 역시 패착이었다.

정전이 일어나면 리프트 작동이 안 될 텐데 이 문제는 어떻게 해결할 수 있을까요? 비용도 비용이지만 리프트는 전용 면적의 대부분을 차지해요. 안 그래도 협소주택이라 생활 반경이 넓지 않은데 그 한계는 왜 고려하지 않은 거죠?

차분하지만 맹렬한 줄리언 교수의 크리틱에 나는 우물쭈물할 뿐이었다. 교수는 고민에 빠진 듯 입술을 달싹이더니 고개를 저었다.

재서, 재서는 내 숙제예요.

누군가의 숙제와 귀감. 시기심도 상대와

동등할 때에나 느낄 수 있을 텐데, 이본보다 늘 한 발, 아니 두 발은 더 늦다 보니 이제 시기는 옅어지고 무기력에 휩싸일 때가 더 많았다.

❖

이본과 내가 6주간 연구하고 개축할 곳은 이백 년 된 고택이었다. 하중을 지탱하는 내력벽과 지붕틀을 이루는 재목은 삼백 년도 더 된 것이라고 문 교수에게 전해 들었다.

내가 부지를 둘러보며 드로잉과 메모를 하는 동안 이본은 고택의 낮은 담장 아래 쪼그려 앉아 토끼풀 팔찌를 만들었다. 이본의 손목 둘레 정도 되는 팔찌가 땅바닥에 두어 개쯤 놓여 있었는데 솜씨가 꽤 좋았다. 사이트 조사는 접어두고 한가로이 시간만 때우는

게 얄밉기도 했지만, 차갑고 냉정해 보이는
이본에게 저런 아기자기한 면도 있다는 게
내심 흥미롭기도 했다.

와, 되게 잘 만든다.

이본은 내 쪽은 보지도 않고 여린 줄기를
꼬며 매듭 만드는 데 열중했다.

전 손재주가 없어서…… 이런 거 잘
만드는 사람들 보면 대단해 보이더라구요.
어떻게 만들면 돼요?

겸손하게 말을 붙였으나 돌아오는 반응은
참 이본다웠다.

요령껏요.

이본은 몸을 일으키고는 풀물 든 손을
담장에 문질러 닦았다.

사이트 조사 다 한 거죠? 그럼 이제
들어가죠.

한 방 얻어맞은 기분으로 그 애를 멍하니

쳐다보았다. 뭐야, 생각보다 더 재수 없잖아?
결이 맞지 않는다는 건 알고 있었지만
동갑이고 여름 내내 붙어 있어야 하니 이
기회에 친해지면 좋겠다 했는데, 그른 것
같았다. 이본이 초인종을 눌렀고 문 안에서
기척이 들려왔다.

누구세요?

문목현 교수님 제자인데요.

곧 대문이 열렸다. 이번에도 한 발 먼저
안으로 들어가려는 이본을 앞지르기 위해
서두르다 발을 헛디뎠고, 그 바람에 좀 우스운
꼴이 되었다.

ㄱ자로 꺾인 한옥은 본연의 모습으로
유지되어 있었다. 나무살을 촘촘히 끼워
넣은 부엌의 세로줄 살창이나 비에 씻기고
바람에 갈라졌으나 기름칠을 꾸준히 한 듯

반질반질한 툇마루, 그리고 고상마루도 이 집이 지어질 당시의 형태 그대로 보존되고 있는 듯했다. 문에 붙은 창호지조차 말끔했고, 전반적으로 예스럽고 고상했으나 현대식으로 어쭙잖게 보수한 부분도 보였다. 함석으로 얼기설기 덮은 지붕이 그랬다. 곡선으로 이뤄진 이 고택에서 유일하게 튀는 게 저 함석지붕이었다. 곡선으로 매끄럽게 떨어져야 멋스러움이 살 처마가 직선으로 끊겨 다소 부자연스러운 분위기를 형성했고 미관을 해치기도 했다.

집주인은 두 모녀였다. 50대 중반인 권정연 씨와 그녀의 어머니 홍사애 씨. 모녀가 함께 쓰는 안방과 속기사로 일하는 권정연 씨가 주로 머문다는 작업실, 2인용 소파와 탁자를 제하곤 가구가 거의 없는 거실을 찬찬히 살피며 나는 수첩에 크로키를 그렸다.

창고로 쓰는 작은방을 제하곤 어느 곳에도
턱이 없었고, 안방과 거실 화장실은 단차도
완전히 제거된 상태였다. 바닥재는 물렁한
재질의 장판이었으며 손이 닿는 벽면에는
전부 손잡이가 설치되어 있었다. 침대
머리맡에도, 변기 옆에도, 현관에도.

홍사애 씨는 파킨슨병을 앓고 있었다.
근육이 굳어 집 안에서는 보행기를, 외출할
때는 휠체어를 사용해야 하는 홍사애 씨의
처지를 고려해 남편 권기석 씨가 집을 직접
수리했다고 했다.

아빠 돌아가시고 여기 내려와서 엄마
모시고 있어요. 벌써 1년 됐네요.

부엌에서 수박을 자르며 권정연 씨는
나와 이본에게 큰 소리로 이야기했다. 헐렁한
원색 티셔츠에 긴 머리를 집게로 틀어 올린
그녀는 괄괄하고 수다스러웠다. 그에 반해

어머니 홍사애 씨는 한마디 말도 없이 거실 소파에 비스듬히 누워 나와 이본을 물끄러미 바라만 보았다.

거동이 불편한 노부인이 거주하는 집이란 것을 알고부터 나는 급속도로 주눅이 들었다. 처참히 깨졌던 주택 설계 수업이 떠올랐고, '숙제'라는 단어가 머릿속에 맴돌았다. 하필 이본과 붙은 것도 신경 쓰였는데 그 애는 별생각 없는 듯 심드렁한 얼굴로 카톡만 하고 있었다. 홍사애 씨가 소파에 누워 나와 이본을 번갈아 볼 때마다 가슴이 묵직해졌다.

어디까지 얘기했더라. 그래, 목현 오빠 제자라고요?

트레이 가득 수박을 내오며 권정연 씨는 쉴 틈 없이 떠들었다. 그녀의 이야기에 따르면 철물점을 운영했던 권기석 씨는 문 교수와 아이티 대지진 당시 집 짓기 자원봉사를 하며 가까워졌다고 했다. 그때의 연이 이어져 권기석 씨가 이 집을 사서 개축할 때에도 문 교수가 큰 도움을 주었다고 했다.

설계를 목현 오빠가 했어요. 낡은 집이라 복원하기 어려웠을 텐데 최대한 살려줬구요.

수박을 먹던 이본이 천장을 보며 웅얼댔다.

선자연까지 복원하셨네요.

선자연이 무언지 생각하고 있을 때 권정연 씨가 무릎을 쳤다.

아는구나! 오빠랑 저희 아빠가 도편수 불러서 하나하나 다시 깎아낸 거예요.

보통은 덮는데 잘 살리셨네요. 연목 사이도 틈 없이 말끔하고요.

천장을 덮은 부채꼴 모양의 서까래를 선자연이라고 부르는 것 같았다. 이본은 지붕 때문에 밖에서 볼 때는 개량이 많이

된 줄 알았는데 들어와 보니 한옥의 본질이
잘 유지되어 있다고 말했다. 쟤는 토끼풀만
엮더니 어느 틈에 저런 걸 다 살핀 걸까.

2016년에 지붕이 한 번 무너졌어요. 그때
목현 오빠는 안식년이라 외국 가 있어서
도와달라 할 수도 없고 저희 아빠가 대충
고쳤는데 함석으로 덮어서 좀 야시꾸리하죠?
그래도 집이 원체 튼튼해서 많이 피해 보진
않았어요.

권정연 씨는 2016년 경주 지진을
돌이켰다. 전파된 게 다섯 가구, 반파된 게
스물네 가구였는데, 그 스물네 집 중 이 집도
포함되어 있었다고 했다.

피해는 16년도가 더 심하긴 했는데
그때는 아빠가 살아 계셨으니까……. 작년에
지진 났을 때는 저희 엄마 혼자 계셨거든요.
그래서 직장 관두고 내려왔죠.

또 한 번 강진이 일어나지 않을까 한동안
집 안의 모든 물건을 바닥에 내려두고
생활했다 말한 뒤 권정연 씨는 수박을 잘게
조각내 홍사애 씨 입에 넣어주었다. 전화도
연결되지 않고 가스도 끊기고 외장재가 차량
보닛에 떨어져 돈깨나 들었다고 권정연 씨는
말했다. 경주에 지진이 있었다는 건 알고
있었지만 이 정도였는지는 몰랐다. 고개를
끄덕이며 부지런히 메모하는 내 옆에서
이본이 심상히 물었다.

안방 화장실 줄눈도 깨져 있고, 샷창도 활
모양으로 휘어 있던데 그것도 지진 이후에
그렇게 된 건가요?

맞아요. 거기 말고도 문제가 많은데
이리와봐, 보여드릴게.

권정연 씨는 이본을 이끌고 지진 이후
발생한 집의 하자와 결함을 짚었다. 그녀는

내진 설계에 중점을 두되 고택의 형태는
보존되길 바랐다. 나도 처음에는 그들 틈에
엉거주춤 끼어 있었으나 권정연 씨가 나를
제쳐두고 이본의 팔짱을 끼며 여기도 봐요,
저기도 좀 봐줘요, 하는 통에 결국 거실로
돌아와야 했다.

거실에서 홍사애 씨가 바닥에 떨어진
플라스틱 포크를 집으려 안간힘 쓰고 있었다.
팔과 다리, 턱과 입술까지 바들바들 떨며.
서둘러 달려가 포크를 줍고 홍사애 씨를
힘겹게 바로 앉혔다.

아가, 고맙디야…….

홍사애 씨가 잔뜩 쉰 목소리로 말했다.
가까이서 보니 앞니 하나가 없어 발음이 새고
있었다. 홍사애 씨는 손을 떨며 수박을 집어
먹으려 했다. 바닥에 떨어진 포크를 다시 쓰긴
뭣해 대신 내 것을 건넸다.

할머니, 이거 안 쓴 거예요. 이걸로
드세요.

그려……. 고마우이.

홍사애 씨는 혼자 힘으로 포크를 쥐려
했으나 손힘이 약해 자꾸 흘러내렸다.

도와드릴까요?

홍사애 씨가 고개를 주억였다. 잘게
조각낸 수박을 포크에 꽂은 뒤, 홍사애 씨에게
조심히 쥐여주려는데, 권정연 씨가 소리를
지르며 허겁지겁 달려왔다.

안 디여! 안 디여!

권정연 씨가 내 손등을 툭 치며 포크를
채갔다.

스뎅으로 입천장 찔르면 큰일
나부린당께!

손님 온다고 일부러 스텐으로 된 포크를
꺼냈는데 일낼 뻔했다며 권정연 씨는

목소리를 높였다.

환장하겄네, 증말. 엄마! 입 좀 벌려보소.

권정연 씨는 홍사애 씨의 입안을
확인하더니 씩씩대며 부엌으로 갔다.

광주 사람인가 보네.

이본이 옆에서 중얼댔다.

원래 저쪽 사투리가 좀 세요.

민망함과 억울함이 반씩 뒤섞여 머리가
뜨거워졌다. 쪽팔려. 눈물이 쏟아질 것 같아
발치만 내려다보고 있었다. 이본이 나지막이
물었다.

울어요? 우는 거 아니죠?

그 말에 서러움이 울컥 밀려왔다. 이본이
나를 딱하게 보고 있을 것 같아 고개조차
들지 못했다. 나는 왜 이 모양일까. 입술을
꾹 깨물다 한참 뒤 고개를 드니 이본은 없고,
소파에 누운 홍사애 씨만 놀란 눈으로 나를

보고 있었다.

　권정연 씨는 부엌에서 플라스틱 포크와
가제 수건을 챙겨왔다. 어느 정도 흥분이
가라앉았는지 사투리를 서울말로 고치며
니스레를 떨기도 했다.

　내리 1년 간병하다 보니까 놀랄 일이
많아서 그래요. 조그만 일에도 괜히 자지러져.

　설움은 사그라들었지만 방금 전 소란의
여진은 내 안에 고스란히 남아 마음을
뒤흔들었다. 실수했다는 자책 때문에
머릿속도 어지러웠고.

　소리쳐서 미안해요. 앉아요, 앉아.

　권정연 씨는 가제 수건으로 홍사애 씨의
입가를 닦아주었다. 홍사애 씨의 팔다리가
덜덜 떨렸다. 권정연 씨는 홍사애 씨를 소파에
바로 눕히고 허벅지와 종아리를 쭉쭉 늘려

마사지해주었다.

　엄마도 그렇고, 이런저런 일로 요즘
예민해요, 내가.

　지진이 일어난 지난겨울부터 마을
사람들과 갈등이 생겼다고 권정연 씨는
전했다. 모녀의 집은 화목 보일러를 때고
있었다. 권기석 씨가 살아 있을 때에는
불편이 없었지만 모녀만 덩그러니 남으니
땔감 조달이나 연통 청소 등 고충이 늘었다.
온수 파이프가 제때 달구어지지 않아 찬물로
목욕하거나 땔감을 수시로 넣어야 해 옷이
재와 먼지로 지저분해지는 건 그나마 감수할
만했지만, 비축해둔 땔감이 예상보다 빨리
소진되면 그야말로 낭패였다. 산내면은 도로
포장도 안 되어 있고 시내와 동떨어져 길이
얼면 땔감 배달이 어려웠다. 지진이 발생하고
폭설까지 내린 지난겨울, 모녀는 내복 두 겹에

패딩까지 입고 지내야 했다.

벽에 금 간 건 봤죠? 외풍도 얼마나
심한지 고생깨나 했어요.

권기석 씨가 모녀 앞으로 남긴 유산이
있어 그 돈으로 가스관도 매설하고 집도
개축힐 예정이었는데, 마을 회의에서 가스관
인입을 반대해 올겨울도 또 가슴 졸이며
살아야 한다고 권정연 씨는 분통을 터트렸다.

그렇게 사정사정했는데 여자 둘이 산다고
무시하는 거야.

그거시…… 아니여…….

가만 누워 있던 홍사애 씨가 어눌한
발음으로 대꾸하자 권정연 씨가 버럭 짜증을
냈다.

아니긴 뭐가 아녀! 접때도 기름집 할매가
얼마나 거시기 했어야. 감시까지 해부렀는디.

지난겨울 이후 기름집 할머니뿐 아니라

그 집 할아버지, 아들까지 자기 집을
어슬렁대고 훔쳐보기까지 했다고 권정연 씨는
말했다. 홍사애 씨가 고개를 저었다.

아녀……. 그거시 아니라야.

아따, 작작 좀 하쇼, 시방 우덜이 외지
사람이라고 거시기하는 거랑께. 여서 살
거라고 그렇게 말해도 알아먹질 않고 말여!

두 모녀가 옥신각신하는 동안 나는
안절부절못하는데, 이본은 옆에서 시큰둥하게
카톡만 하고 있었다.

말려야 되는 거 아녜요?

뭘 말려요. 그냥 얘기하는 건데.

분위기만 보면 다투는 게 분명했지만
짜증 섞인 목소리로 화를 내면서도 권정연
씨는 홍사애 씨에게 틈틈이 수박을 먹이고,
종아리를 주무르며 마사지도 해주었다.
싸우는 건지, 돌보는 건지. 도통 판가름되지

않는 광경이었다.

　잔뜩 지친 채로 고택에서 나왔다. 남은
5주가 심히 걱정되었다. 지진을 대비해 내진
설계를 하는 건 물론이고 고택의 형태도
해치지 않고 유지해야 했다. 장애를 가진
사람이 살 곳을 설계해야 한다는 것도
난제였다, 내게는. 긴장한 탓인지 배가
아파왔다.

　클라이언트가 꽉 막혀 있긴 한데 설계는
어렵지 않겠어요.

　이본은 거침없이 할 일을 분배했다.
문 교수에게 기존 도면을 받을 테니 다음
주까지 캐드로 개축용 도면을 제작하고, 주요
콘셉트를 세 개씩 공유해보자고 했다. 그다음
주에는 서브 콘셉트를 짜자고 했고.

　여긴 이제 굳이 올 필요 없겠죠?

클라이언트도 만났고 사이트 조사도 다
했잖아요.

그건 그런데…… 교수님이 매주 내려와서
연구하라고 하셨잖아요.

문 교수는 대지를 정확히 해석하는 게
건축가의 몫이라 강조했다. 대지를 제대로
밟아보고 돌아보고 머물러도 보며 주민의
삶과 정서를 살피는 게 중요하다고.

이본이 말했다.

어차피 저희는 도우미고 실시 설계는
교수님이 하실 텐데요. 성의만 보이자고요.

그래도…….

경주까지 왔다 갔다만 왕복 세
시간이에요. 이제 5주 남았는데 답사까지
하면 시간이 모자라죠.

이본 말처럼 남은 시간 동안 설계에,
답사에, 미팅까지 병행하는 건 아무래도

무리였다. 지진, 장애, 보존…… 고려할 게
많기도 했다. 요령 피우고 싶진 않았지만 별수
없었다.

그래요. 그럼…… 다음 주는 학교에서 보는
게 낫겠죠?

줌에서 봐요. 콘셉트 공유는 목요일까지
하고요.

사이트 조사와 자료 수집에만 족히
한 달은 걸리고 설계는 열흘 밤을 새워도
완성할까 말까 한 내게 엿새는 너무 짧았다.
아랫배가 살살 아파왔다. 목요일까진
아무래도 어렵겠다고 말하려는데, 이본이
말을 이었다.

그렇게 하면 4주도 안 돼서 끝나겠다.
간단하네요.

내겐 난제인 건축이 이본에게는 손바닥
뒤집듯 수월한 일인 것 같았다.

◆

　도면을 그리는 동안 하루에도 수십 번씩 화장실에 드나들었다. 복통이 심해 식은땀이 흐르는데도 막상 화장실에 가면 아무것도 나오지 않았다. 텅 빈 뱃속처럼 머릿속도 비어 있기는 마찬가지였다. 엿새 내내 골몰했지만 어떤 아이디어도 나오지 않았다.

　마음이 어수선할 때는 등고선을 그려보기도 했다. 겹치는 부분 없이 구불구불 이어지는 등고선을 따라가며 나는 늘 그랬듯 의심에 빠지기도, 사색에 잠기기도 했다. 내 설계도가 시안에서 머물지 않고 결안이 되어 시공될 수 있을까. 평생 평면 속에서 못 벗어나는 건 아닐까. 그렇게 부질없는 생각을 하다 보면 선이 어긋나 이제껏 그려온 것들이 헛수고가 되기도 했다.

처음부터 어긋난 선택을 한 걸까.

건축을 택한 건 고교 시절 붙어 다니던 희재의 영향이 컸다. 희재-재서. 희재와 나를 보며 친구들은 끝말 잇듯 내가 늘 희재 뒤를 따른다며 웃곤 했다. 그 말이 좋게 들리지는 않았지만 마냥 틀린 말도 아니라 반박할 수 없었다. 메신저 상태메시지에 그럴듯한 명언을 적는 게 그 시절 유행이었는데, 희재는 이런 문구를 적어두었다.

'어떤 사람이 자기 또래와 보조를 맞추지 않는다면 그것은 그가 그들과는 다른 북소리를 듣고 있기 때문일 것이다'

문과 반에서 유일하게 건축학과를 희망했던 희재가 남들과 다른 북소리를 듣는 사람이었다면 나는…… 북소리가 들리지 않아 제자리에서 우왕좌왕하는 사람이었다. 진로 선택을 할 때부터 끝말 따라가듯 맹목적으로 희재를 뒤따랐다. 희재를 따라 얼결에 모르는 길에 들어서고, 입시를 준비하고, 같은 학교에 원서를 냈다. 결론적으로 희재는 1지망이던 서울권 대학에, 나는 경산에 있는 지방대에 합격했지만.

등고선이 그려진 4절지를 구겨버린 뒤 노트북을 들고 구관으로 향했다.

학교 후문에 있는 자취방에서 구관까지 직선으로 도보가 뻗어 있긴 했지만 나는 그 길 대신 늘 음대 뒤편 오솔길로 다녔다. 돌아가는 길이었지만 더 한적하기도 했고 음대 건물에서 간간이 들려오는 피아노나 클라리넷 연주가 그 길을 한층 근사하게 만들어주었기 때문이다. 부채꼴 모양으로 설계된 음대 건물은 뒷벽이 오목하여 소리가 먼 곳까지 깨끗하고 고르게 퍼졌다. 방학이라 연주는 들리지 않았지만 음악 없이도 한여름의 오솔길은 충분히 아름다웠다. 산사나무, 섬잣나무, 은사시나무, 화백. 수목에 붙은 표찰을 읽으며 느긋이 길을 따라갔다. 땀이 나 티셔츠가 축축해지긴 했지만, 싱그러운 수국 향과 솔잎 쌓인 지면을 디딜 때 느껴지는 푹신함이 새삼 좋았다. 넓은 그늘 아래를 지나자 그윽한 나무 향이 잔잔히 퍼졌다.

나는 늘 나무가 좋았다. 마음을 환하게 만들어주는 은은한 향도, 언제나 제자리를 지키는 수목의 묵묵함도 좋았다. 목재가 가장 오래된 건축 재료라는 사실도.

건축은 알면 알수록 어려웠으나 연필을 깎을 때, 종이를 만질 때, 설계실 책상에 앉아 창 너머를 바라볼 때면 건축의 기저에 내가 좋아하는 게 깔려 있다는 걸 인지할 수 있었고, 고충도 조금 희석되었다.

떡갈나무 군락 사이로 한 뼘 정도 되는

작은 유목이 자라고 있었다. 내 앉은키만큼 작은 나무였다. 쪼그려 앉아 가지에 달린 여린 잎들을 쓸어보았다. 연한 잎을 조금씩 돋아내는 유목을 보니 밤샘도 마다 않고 매너리즘에 빠질 틈도 없이 공간과 관계를 익히던 1학년 때가, 그때의 초심이 불현듯 떠올랐다. 목조 빌딩을 설계하고 싶다고 의기양양하게 말한 적도 있었지. 지금은…… 잘 모르겠지만.

문 교수는 3층 복도 창틀에 설계실 열쇠를 두었으니 언제든 쓰라고 했다. 한창 시공 중인 신관은 출입문마다 지문 인식 장치가 있다던데 구관은 여전히 아날로그식으로 관리되고 있었다. 둔탁하게 감기는 열쇠를 수차례 돌렸다. 문이 열리자 여름 내 고인 더운 공기가 훅 덮쳐왔다. 설계실 에어컨은

무용지물이었다. 온도를 최대로 낮추어도
미지근한 미풍만 겨우 나오는 에어컨을
교체해달라 교학처에 수차례 건의했지만 들은
체도 하지 않았다. 몇 년 전까지는 설계실
구석에 라꾸라꾸가 몇 개씩 접혀 있었고 야작
때 마신 소주병이 벽면에 전리품처럼 쌓여
있었는데, 지금은 아무것도 없었다. 비어 있는
책상도 많았다. 폐과 소문이 돌며 몇몇이
열의를 잃고 휴학을 하거나 편입을 준비했다.
건축학과가 정말 폐과된다면 우린 어떻게
되는 걸까.

  설계실 창가 자리에 앉았다. 겨울에는
몹시 춥고 여름에는 심히 더운 자리였지만
창밖으로 느티나무가 보이는 것만으로 나는
늘 이 자리가 좋았다.

  이 자리에서 나는 '차경'을 배웠다. 경치를
빌린다는 뜻의 차경은 건축학과에서 '과제'

다음으로 자주 쓰이는 단어 중 하나였다. 그 뜻을 제대로 이해할 수 없었는데, 뭉게구름이 방향을 바꾸며 흘러가고, 나무는 계절마다 색을 달리하고, 겨울에는 눈이 조용히 쌓이는 이 창가 자리에서 풍경은 소유가 아니라 잠시 빌리는 것이며 그 누림이 건축에서 중요하다는 것을 알게 되었다. 평소라면 의자를 창 가까이 끌어당긴 채 한참 앉아 있을 테지만 오늘은 느긋하게 풍경을 누릴 여유가 없었다. 노트북을 켜고 이본이 보내준 산내면 고택의 기존 도면을 참고하여 개축 설계를 했다. 시간이 부족해 기존 도면의 모듈을 도식적으로 베끼고, 수치도 대략 추정해 캐드로 옮겼다. 연필 제도를 하라는 문 교수의 말이 떠오르긴 했지만 시간이 없었다. 이본은 수요일에 상세 도면과 더불어 주요 콘셉트까지 보내왔다. 디자인, 사이트,

모델 콘셉트까지 말끔히 짜여 있는 이본의
설계안을 자꾸 내 것과 비교하게 되었다.

　어젯밤 줌으로 화상회의를 할 때도
이본은 콘셉트를 완벽히 설명한 뒤
주안점까지 짚었다.

　선에 설계를 어떻게 했는진 몰라도
동선이 비효율적이더라고요. 부엌만 해도
냉장고랑 조리 공간 사이 거리가 멀어서
재료를 들고 쓸데없이 움직여야 할 일이
많아요. 화장실도 그래요. ㄱ자로 꺾인 주택
코너에 화장실이 있으니까 할머니가 급하게
일 보러 갈 때 코너에 부딪히는 애로 사항이
생기죠.

　거침없이 얘기하는 이본을 보자 절로
입이 벌어졌다. 이본이 말했다.

　클라이언트는 개축을 요구하지만, 전
재건이 낫다고 봐요.

재건이요?

이본은 고택을 아예 허물고 다시 지어야
한다고 했다. 동선도 그렇고, 이미 노후화된
주택이 두 번의 지진으로 크게 손상된 데다
기둥과 벽을 이루는 자재 역시 오랜 시간을
거치며 변형에 취약해졌을 거라고 했다.

그런 집에서 언제까지 살 수 있겠어요?
또 지진 나면 큰일인데요. 클라이언트가
가스관을 매설하고 싶어 했으니까 재건하면서
그것도 해결하는 게 낫죠.

이본의 말도 옳았다. 건축은 부동이 아닌
유동을 추구했다. 땅의 형태는 그대로지만
소유주가 바뀌면 수평이었던 건물이 수직으로
올려지기도 하고, 토지가 처분되거나 건물이
쓸모를 다하면 기존의 것들을 허물고 새로
짓는 게 당연했다. 하지만 산내면 고택도
그럴까. 그 집에 묻어 있는 시간과 흔적을

모조리 지우는 게 맞을까. 기존의 가치를
살리면서 그 위에 새로운 것들을 덧씌우는
게 낫지 않을까. 온갖 의문이 내 안에서
충돌했다. 속으로 무슨 말을 할지 정리할 때
이본이 말을 이었다.

아, 그리고 그쪽 콘셉트도 보내주세요.
취합하게요.

우물쭈물하다 변명만 늘어놓았다.

그게, 제가 디스크가 터져서 며칠 누워만
있었거든요. 지금도 겨우 앉은 거라…… 요추
4번이랑 5번이 터져서 기침만 해도 허리가
울려요. 그래서 콘셉트 안은 아마 내일쯤,
아니 모레쯤…… 보내드릴 수 있을 것 같은데.

요추 4번과 5번이라니. 겨우 짜내서 나온
것이 그런 구차한 변명이라는 게 한심했다.
화면 속 이본의 표정도 묘했다.

마음대로 하세요.

오늘 밤까지 콘셉트 시안을 보내주기로 했지만 어떤 아이디어도 떠오르지 않았다. 뭘 해도 이본보다 못할 것 같았고, 또 재건이라는 새로운 사안까지 더해져 머릿속이 과열될 지경이었다.

에어컨 바람만으론 설계실 열기가 가시지 않았다. 문과 들창을 열어 맞바람이 치게 두었다. 녹슨 경첩 때문에 창은 반도 열리지 않았지만 그래도 한결 나았다. 저녁이라 석양도 부드럽게 깔리고 더위도 차츰 누그러지고 있었다. 창가에 서서 바깥을 바라보았다. 미온하고도 잔잔한 여름 바람에 느티나무가 흔들렸다. 시안을 구상해야 하는 것도 잊은 채 멍하니 창밖을 보았다.

나는 이본이 부러우면서도 거슬렸다. 요 며칠은 마음이 '거슬리다' 쪽에 가까워지고 있었다. 학기 중에도 그랬지만 2인 1조로 다니다 보니 그 애와의 격차가 더욱 두드러지는 것 같았다. 내가 4년에 걸쳐 가까스로 체득한 것들을 이본은 2년도 안 되어 제 것으로 만들었고 눈에 보일 만큼 빠르게 발전하고 있었다. 이본이 무심하게 놀라운 말을 던질 때마다 나의 자질과 철학을 의심하게 되었다.

재능이란 게 정말 있는 걸까.

잔가지가 흔들리고 이파리가 넘실대는 와중에도 꿋꿋한 나무둥치를 보면 언제나 마음이 가라앉곤 했지만 오늘은 달랐다. 탁월한 재능도 없고 나조차도 제대로 믿지 못하는 내가 과연 누군가의 공간을 지을 수 있을까. 심지가 약해졌다. 산내면 고택도 마찬가지였다. 권정연 씨와 홍사애 씨. 나의 첫 클라이언트인 그들을 만족시킬 수 있을지 알 수 없었다.

한동안 창가에 서 있다 다시 책상에
앉았다. 한때 이 책상을 썼던 이들이 쓴
글귀가 가장자리와 독서대 틈에 새겨져
있었다. '건축과 06 유동룡 힘내자'부터 '나는
나만 볼 수 있는 꿈을 위해 모든 걸 거는
사람'이라는 다소 감상적인 문구까지. 천으로
수차례 문질러 닦아 글자는 흐릿해지고
나뭇결도 다 일어나 있었지만 시절과 계절을
거스른 굳은 열의만큼은 자리에 묵묵히 남아
있었다.

끝이 뭉툭해진 연필을 깎은 뒤 나는 다시
등고선을 그렸다.

❖

7월 초순이 되자 풀벌레 소리가 들리고
열대야도 차츰 시작되어 한밤중 뒤척임이

잦아졌다.

셋째 주에도 이본과 줌으로 회의했다.
서브 콘셉트까지 이본이 짜기로 하고, 그다음
주에는 설계실에서 함께 모형을 만들기로
매듭지었으나 어쩐지 개운치 않아 월요일에
혼자 산내면에 내려왔다.

버스에서 내린 뒤, 비닐 우산을 펼쳐
들었다. 그제 밤부터 일정한 세기로 비가 오고
있었다. 도로를 벗어나자 축축한 흙냄새가
풍겼고 빗방울이 슬레이트 지붕을 두드리는
소리가 들려왔다. 일주일 내내 장마가
이어진다는 예보가 있었다. 이 비가 그치면
완연한 여름이겠지.

이본에게는 산내면에 간다고 따로
얘기하지 않았다. 마감을 앞두고 사이트
조사를 한 번 더 하고 싶다는 욕심도 있었고,
범재가 인재를 넘어서기 위해선 몸으로라도

때워야 한다는 오기도 있었다. 책상에 앉아 있는 것만으론 지형과 지역의 정체성을 깨닫기 어렵기도 했다.

초인종을 누르기 전 담장에 서서 고택을 둘러보았다. 까치발을 들고 집 뒤편을 살펴보기도 했다. 지난번 고택에 방문했을 땐 눈치채지 못했던 지점이 오늘은 선명히 눈에 띄었다. 기둥과 보를 연결하는 못 접합부가 미세하게 갈라져 있었고, 그 틈으로 물이 가늘게 새고 있었다. 나무는 습기에 약했다. 지금은 실금처럼 가는 틈이었으나 언제고 손가락이 들어갈 크기까지 벌어질 수 있었다. 지진이라도 발생하면 문제가 더 커질 테고. 목조 건물은 콘크리트 건물보다 지진에 강하다고 알려져 있었으나 이대로라면 접합재로 보수한다 해도 무너질 가능성이 컸다.

개축이 아닌 재건이 옳을 수도 있겠네.

생각할 때 대문이 열렸다. 흰색 우비를
입은 권정연 씨가 우산을 어깨와 겨드랑이로
받치고, 남는 손으론 홍사애 씨의 휠체어를
끌며 버겁게 나서고 있었다. 이래저래
정신없는 권정연 씨보다 홍사애 씨가 먼저
나를 발견하고 알은체했다. 인사할 겨를도
없이 권정연 씨가 내게 우산을 안겼다.

저기, 이것 좀 잠깐만 우리 엄마한테
씌워줄래요?

얼결에 우산을 두 개 펼쳐 들고 홍사애
씨 곁에 서 있는 동안 권정연 씨는 재빠르게
휠체어 브레이크를 건 뒤 대문을 잠갔다.

잠깐만 좀 부탁해요.

권정연 씨는 대문 앞에 세워진 차 문을
열고 으차차, 기합을 지르며 홍사애 씨를 들쳐
안았다. 뒷좌석에 홍사애 씨를 태운 뒤에는

휠체어의 시트를 들어 올려 착착 접은 다음
트렁크에 실었다. 우비가 맨살에 들러붙고
앞머리가 젖어 엉망이 되는데도 권정연 씨는
개의치 않고 그 모든 일을 순식간에 해치웠다.
우산 두 개를 들고 멀거니 서 있는 나를 향해
권정연 씨가 말했다.

　아고, 다 끝났네. 고마워요. 근데 오늘
오기로 했던가? 평일인데?

　아, 그게…… 조사차 왔어요.

　그래요? 근데 우리가 집에 언제 올지
몰라. 여기서 기다리긴 뭣하고. 탈래요?

　권정연 씨를 따라 덜컥 조수석에 타고
말았다. 권정연 씨는 비에 젖은 머리칼을
에어컨 바람에 대충 털어내며 핸들을 잡았다.

　난 여름 장마가 제일 무서워요. 평소에는
그럭저럭 견딜 만한데 오늘 같은 날은 병원
가려고 준비만 하는데도 몇 배는 힘에 부쳐.

권정연 씨는 룸미러로 홍사애 씨를 쓱 살핀 다음 말을 이었다.

우리 엄마 앞니 하나가 없거든요? 나 없을 때 혼자 병원 가다가 빗길에서 넘어졌대. 내가 임플란트 해준다고 그렇게 말하는데 노인네 고집이 황소고집이야. 다 늙어서 치과는 무슨 치과냐고 그러는 거 있죠? 워메, 갑갑스러운 거.

권정연 씨가 잔소리를 늘어놓는데도 홍사애 씨는 못 들은 척 딴청을 부렸다. 여름비의 낭만과는 동떨어진, 지극히 현실적인 이야기를 들으며 나는 말을 아꼈다. 침묵을 견디기 어려웠는지 권정연 씨가 느닷없이 물었다.

목현 오빠가 잘해줘요?

네…… 그냥 뭐.

애매하게 말을 흐리자 권정연 씨는 그럴 줄 알았다며 가볍게 탄식했다.

그 오빠가 사람은 좋은데 표현을 안 해. 무슨 생각하고 사는지 모르겠어. 요즘도 양복 재킷 안에 등산복 입어요?

어, 아시네요?

왜 그러는지 몰라. 등산도 안 하는 사람이. 말쑥하게 입고 다니면 좀 좋아.

권정연 씨의 말처럼 문 교수는 면 소재의 등산복을 주로 입었고 날이 추워지면 그 위에 양복 재킷을 걸쳤다. 사계절 내내 옷차림이 비슷하여 동기들은 문 교수를 칸트 내지는 늙은 짱구라고 불렀다. 그 얘길 하자 권정연 씨가 호탕하게 웃었다.

요즘 애들은 말 참 잘 지어. 늙은 짱구. 나도 그렇게 불러야겠다.

뒤에서 지켜보던 홍사애 씨가 슬며시 한마디 거들었다.

니랑 현이 갸랑 참 괘안았는디…… 니

아빠도…… 둘이 짝지하믄 좋겠다고 그랬는디.

아따, 또 시작이네. 나가 말하지 않았소?
평생 엄마 모시고 아주 징하게 붙어 있을
테니께 기대하시라고.

권정연 씨는 발끈하며 대화를 은근히
비켜갔다. 문 교수와 그녀 사이에 얽힌 내막이
무언지 호기심이 생기기도, 눈치 없이 캐묻고
싶기도 했지만 권정연 씨가 화제를 돌리는
바람에 무마되었다.

그래도 목현 오빠가 아끼는 제자니
경주까지 보낸 거겠죠. 남 얘길 통 안 하는
사람인데 제자들이랑 스쿨인가 뭘 같이
한다고 해서 나 진짜 놀랐잖아요. 오빠가 두
사람 얘길 진짜 많이 했거든.

뭐라고 하셨는데요?

권정연 씨는 나를 힐끔 보더니 짓궂게
말했다.

그건 비밀. 기세등등해질 것 같아서 말 안
할래.

권정연 씨의 표정을 보니 지어낸 말
같지는 않았지만 늘 그렇듯 반신반의하며
관성적으로 되뇌었다. 이본이면 모를까 내
얘긴…… 안 했겠지.

산내면에서 벗어나 터널에 진입하는 동안
빗방울은 더 굵어져 와이퍼 세기를 조정해야
했다. 낡은 와이퍼에서 쇳소리가 났다. 권정연
씨는 능숙히 빗길 운전을 하며 오래된 집이라
손볼 데가 많겠다고 우려를 표했다.

이사도 고려했는데 살다 보니 여기서
오래 지내고 싶어지더라고요. 근데 1년
지나니까 문제점이 막 보이잖아.

권정연 씨는 금이 간 창고 벽체와 깨진
화장실 타일에 관해 이야기했다.

젠다이 틈이 제일 심해요. 그쪽 타일이

들떠서 수건 꺼낼 때마다 겁나 죽겠어.

저 혹시…… 물은 안 새나요?

물? 어디서요?

벽에 곰팡이가 슬거나 습도가 높다고
느낀 적 없으세요?

그죠? 아무래도 한옥이니까. 곰팡이는 안
보이는데 비 올 때 어디서 물 떨어지는 소리는
들었어요. 근데 어딘지를 모르겠어.

지진 후 소리가 더 심해진 것 같다고
말하는 그녀에게 나는 조금 전 발견한
집의 결함을 조심스럽게 터놓았다. 철저히
보수하고 방재한다 해도 몇백 년 된 고택이
얼마나 버텨낼 수 있을지 모르겠다고 말한 뒤
마찬가지로 조심스레 재건을 권했다.

재건이요? 철거하자는 거예요?

네. 기둥이랑 보는 무너트리고 주요
구조부를 철근으로 재시공하면 관리가 훨씬

쉬우실 거예요. 단열이나 누수에도 강할 거구요. 그리고…….

목현 오빠가 그러라고 해요? 우리 집 철거하고 다시 짓자고요?

권정연 씨의 말투는 아까와 달리 냉랭했고 눈빛도 서늘했다. 오해를 부른 것 같아 재빠르게 말을 고쳤지만 소용없었다.

오빠가 그런 거 아니면 뭔데요?

그게, 그때 왔던 친구랑 상의를 했는데……. 아무래도 지진이 언제 일어날지 모르니까 좀 더 안전한 방향으로 가는 게 낫지 않을까 해서요.

그럴 거면 나 안 할래요. 멀쩡한 집을 왜 철거해?

도로 표면이 고르지 않아 차가 수시로 덜컹거렸고, 그때마다 권정연 씨는 뒷좌석을 돌아보며 홍사애 씨에게 벨트 매라고

소리쳤다. 차 안의 공기가 무거워졌다. 예기치
않게 우를 범한 것 같아 아찔해졌다. 속도
조금씩 울렁거렸고.

경주 터미널에 도착할 때까지 권정연
씨는 내 쪽을 한 번도 보지 않았다.

내려요. 오늘은 그냥 가는 게 좋겠네요.

비 때문일까, 권정연 씨의 차가운 말투
때문이었을까. 여름 오후인데도 몸이 조금
떨렸다.

❖

알람이 울리기도 전에 잠에서 깼다.
암막 커튼 사이로 빛이 들어오고 있었다.
열대야 때문인지, 며칠 전 일을 그르친 게
염려되어서인지 내내 밤잠을 설쳤다. 에어컨
온도를 낮추고 안대까지 썼는데도 잠이 오지

않았다.

　토요일이었고 경주에 가야 했다. 몸을
일으킨 뒤 심란한 마음으로 어젯밤 문
교수에게 받은 메일을 다시 읽어보았다. 문
교수의 메일에는 실망과 분노가 묻어 있었다.
몇몇 싸늘한 문장도 눈에 밟혔다.

　'연필 제도 대신 캐드를 택한 건 방자인가,
태만인가.'

　'실측은 했나? 목조 주택이니 세월이
지나며 기둥과 보도 수축과 이완을 반복할
테고, 1차 지진 때 의뢰인이 지붕을 손보면서
단차도 분명 달라졌을 텐데 기존 도면과
치수가 똑같은 건 완전한 오류 아닌가.'

　'심지어 클라이언트와 상의도 없이 개축
건을 재건으로 결정 짓다니. 이건 명백한
결례고 건축가로서도 자격 미달이야.'

　시간차를 두고 다시 읽어도 심장이

벌렁거렸고 입술도 말랐다.

'내일 정오까지 경주 시외버스 터미널로
집합하길 요함.'

메일은 그렇게 끝났다. 문 교수에게
캐드로 옮긴 평입단면도를 보낸 건
이본이었고 개축 대신 재건을 밀어붙인 것도
이본이었지만, 전부 그 애의 잘못이라곤 할
수 없었다. 단호하게 결단을 내리지 못하고
우물쭈물하며 일조한 내 탓도 컸고 이렇게 된
마당에 잘잘못을 따지는 것도 무용했다.

오전 10시였다. 슬슬 준비하고 나가야
했지만…… 문 교수의 성난 얼굴과 권정연
씨의 냉랭한 표정을 떠올리니 발이 떨어지지
않았다. 이번에야말로 맹장이 터져주길
바랐으나 은근히 욱신거리며 신경에 거슬리던
아랫배도 오늘따라 이상하게 멀쩡했다.

이본은 경주 터미널 의자에 앉아 아이스 아메리카노를 마시고 있었다. 슬며시 말을 붙였다.

언제 왔어요?

아까요.

인사도 없이 뚱한 얼굴로 핸드폰만 보는 이본이 얄미워 일부러 두 칸 떨어져 앉았다. 오래된 터미널은 한산했고 버스도 몇 대 오가지 않았다. 티켓 부스 옆에 놓인 스탠드형 에어컨 앞에 할아버지, 할머니 넷이 모여 찬바람을 쐬고 있었다. 머리를 묶고 손 선풍기를 목덜미에 대어도 땀이 흘렀다. 이본 역시 얼음을 씹으며 열기를 달래고 있었다. 선풍기를 빌려줄까 했지만 한마디 붙이지 않고 불만스러운 표정만 짓는 이본을 보니 마음이 또 '거슬리다' 쪽으로 기울었다.

정오가 가까워지자 왜 이제야 싶게

뱃속이 부글부글 끓었다. 내가 화장실에
다녀오는 동안 문 교수가 도착해 있었다.

이제 온 거야?

화장실…… 갔다 왔는데요.

그래? 거기 기다리다 목 빠지는 줄
알았다.

핀잔 투와 달리 문 교수의 표정은 유했다.
불같이 화를 내지도 정색하지도 않았다.
오히려 느긋한 태도로 밥은 먹었냐고 물었다.

안 먹었으면 따라와. 약선 요리
좋아하나들?

근처에 괜찮은 요리점이 있다며 문
교수는 뒷짐을 진 채 느릿느릿 앞서갔다.
이본과 눈이 마주쳤다.

저러니까 더 무섭네. 가요.

이본이 옅은 한숨을 쉬며 터미널 밖으로
나갔다.

문 교수가 데려간 약선 요리점은 외관부터 가정집 분위기를 풍겼다. 좌식으로 된 식탁에 앉아 조금 기다리자 식당 주인이 두부 요리와 여름 나물을 내왔다. 놋쇠 그릇에 찬이 정갈히 담겨 있었고, 소고기와 해물을 넣은 탕도 큰 냄비에서 끓고 있었다. 주인은 비교적 쓴맛이 덜한 고구마 줄기와 깻순으로 입가심을 한 뒤, 곤드레, 비름나물, 머위를 곁들여 밥과 탕을 먹으라고 했다. 문 교수가 물었다.

사장님, 방풍나물은 없습니까? 전에 정말 맛있게 먹었는데.

아부지가 잘 아시네! 댕칸에서 농약 안 친 기라 맛이 괴안은데. 기다리소. 갖다드릴게.

우리를 부녀 관계로 착각했는지 식당 주인은 이본과 내가 아부지를 빼다 박았다고 말을 얹었다. 문 교수는 말을 고치는 대신 국자로 탕을 덜어 나와 이본 앞에 놓아주었다.

거기들은 처음 먹어보지? 이게 경상도
제사 탕국이야.

문 교수의 말에 나는 말없이 물만
들이켰다. 반찬을 집으려 손을 뻗기도, 잘
먹겠디고 말하기도 눈치 보였다. 문 교수는
태평한 태도로 일관하고 있었으나 언제
질타받을지 알 수 없었다. 문 교수가 제사
탕국 얘기를 할 때는 이런 생각까지 들었다.
아, 오늘이 우리 제삿날이구나. 이본 역시
침묵을 유지하고 있었다. 문 교수의 말이 끊길
때마다 놋쇠 그릇에 숟가락 부딪히는 소리만
들렸다.

왜들 못 먹어? 맛이 없어?

아네요. 맛있습니다.

눈치를 살피며 국부터 맛보았다. 고기
뭇국과 흡사했으나 홍합과 새우가 들어가

국물이 더 시원했다. 빈속에 뜨끈한 국이 들어가니 속이 한결 편해졌다. 주인이 권했던 나물도 순서대로 찬찬히 먹었다. 모두 간이 세지 않았고 뒷맛이 씁쓸하고도 향긋했다. 된장에 무친 비름나물이 특히 입에 맞아 손을 뻗어가며 연신 집어 먹는데 이본이 힐끗 보더니 그것을 내 가까이 옮겨주었다. 문 교수가 그 모습을 빤히 보다 말했다.

지금 거기가 먹고 있는 건 잡초야.

네?

그거. 그게 비름인데, 밭에서도 나고 공사장 담에서도 자라는 잡초야.

그 말을 들으니 기분이 이상해졌다. 옆에서 웃음을 참는 이본을 보니 더 민망해졌다. 문 교수가 말을 이었다.

비름이 말이야. 잡초지만 신통해. 영양분을 끌어모아서 농사를 돕거든. 땅에서

난 것들은 다 쓸모가 있어. 쓸모를 찾는 건 그
땅에 머무는 사람들이고.

문 교수는 주인이 가져다준 방풍나물을
꼭꼭 씹어 맛본 뒤, 심상히 물었다.

거기들 경주 제대로 둘러본 적 없지?

말문이 막혔다. 4주가 지났는데도
산내면만 두 번 둘러본 게 고작이었다. 문
교수는 잘못을 꾸짖는 대신 모호한 제안을
했다.

이왕 경주에 왔으니 좀 놀러 다녀.
첨성대도 가보고 능도 거닐고 사람도
구경하고.

식사를 마치고 입구에 있는 자판기
커피를 마시며 문 교수는 못 해도 해가 지기
전까지는 경주 곳곳을 꼼꼼히 답사해보라고
했다.

다 보고 나서 산내면으로 와. 난 거기서

기다리고 있을 테니까. 자, 그럼 해산!

　문 교수가 택시를 타고 산내면으로 가고,
나와 이본은 경주 시내에 남아 쭈뼛쭈뼛
일정을 조율했다. 늘 그렇듯 이본이 한 발
빠르게 지도 앱을 켜 답사지를 추렸다. 멀지
않은 곳에 첨성대가 있었다.
　ㅁ자 구조의 한옥 형태를 띤 작은
과자점과 현대식이지만 지붕을 기와로 올리고
처마 끝에는 연꽃무늬의 막새를 단 독특한
초등학교를 지나는 동안 이본과 나는 서로
한마디도 하지 않았다. 그러다 원두 향이
풍기는 카페 골목을 지날 때 이본이 내지르듯
말했다.
　도저히 못 참겠어서 그러는데, 저 커피 좀
마셔야겠어요.
　샷을 세 개나 추가한 아이스

아메리카노를 벌컥벌컥 마시며 이본은 살 것
같다고 했고, 자기는 밥은 안 먹어도 커피는
꼭 마셔야 한다며 테이크아웃도 해야겠다고
했다. 쓰지 않느냐 묻자 이본이 눈을 동그랗게
떴다.

이게요? 하나도 안 쓴데. 마셔볼래요?

아까 터미널에서 산 커피는 탄 맛도
심하고 맹탕이었는데 여기 커피는 너무
맛있다고 이본은 종알댔다. 커피 한 잔에
기분이 저렇게 산뜻해지다니. 카페인에 약한
나로서는 이본이 신기하기도 재미있기도
했다. 아이스티를 홀짝이며 이본에게 넌지시
말을 붙였다.

첨성대 가본 적 있어요?

중3 수학여행 때 한 번요.

저도 중3 수학여행 때 왔었는데. 근데
기억은 안 나요.

나도 그래요.

이본은 잠시 틈을 두더니 말을 이었다.

저기, 우리 동갑인 거 알아요?

이본의 말에 움찔했다. 알고 있었구나. 나는 알아도 이본은 모를 거라 생각했는데. 당황해하는 와중 이본이 무심하게 말했다.

우리 예전에 모나키 뒤풀이에서 말 놓기로 했는데 기억 안 나죠? 신입생 때요.

전혀 기억나지 않았다. 멋모르던 신입생 때 선배들의 권유—라고 하지만 강요에 더 가까운—로 모나키라는 건축 동아리에 들었고, 술자리도 몇 번 가졌고, 한 학기도 안 되어 탈퇴한 것까지는 생각나는데 이본만은 뭉텅 도려낸 것처럼 기억에 없었다. 이본은 내 표정을 살피더니 그럴 줄 알았다고 했다. 미안함과 민망함이 동시에 밀려왔다. 혀가 꼬이고 말이 뒤엉켜 원래 기억력이 좋지 않다는 변명까지 늘어놓았는데 그 때문에 더 부끄러워졌다.

미안해요……. 진짜 몰랐어요.

됐어요. 그럴 수 있죠.

이본이 쿨하게 손을 저으며 덧붙였다.

건축과 전과하기 전에 쌍꺼풀 수술했거든요. 뭐, 그것 때문에 못 알아봤을 수도.

정말요? 티 하나도 안 나요!

비싼 데서 해서 그런가.

이본이 아메리카노를 다 마셔가고 있었다. 망설이다 큰맘 먹고 물었다.

그럼…… 저희 지금부터 말 놓을까요?

내 말에 이본은 새침한 표정으로 답했다.

생각해보고.

이본과 해바라기가 만개한 유적지를

지났다. 첨성대는 계림으로 불리는 숲 갈림길에 있었다. 한여름이라 햇볕이 따가웠고 티셔츠가 축축해질 정도로 무더웠지만 눈으로 보는 풍경만큼은 밝고 맑았다. 숲에서 푸릇푸릇한 풀냄새가 피어오르고, 넘치듯 피어난 꽃들이 사적지를 뒤덮고 있었다. 노모를 모시고 첨성대 주변을 거니는 남자와 그늘막에서 부채질을 하는 부인들, 단체 티셔츠를 입고 돌아가며 사진을 찍고 포즈를 취하는 외국인들도 보였다.

생각보다 크다.

이본이 첨성대를 올려다보며 말했다. 나도 그 곁에 나란히 섰다.

그러게. 살짝 기울어진 것 같기도 하고.

아직 서먹했지만 이본과 말도 텄다. 창을 마주 열면 순풍이 일듯 마음을 여니 이본과 나 사이에 부드러운 맞바람이 흐르는 것 같았다.

갑갑했던 마음은 환히 트인 듯 시원해졌으나 한여름의 유적지는 너무 더워 볕이 드는 곳에선 잠시도 괴로웠다. 그만 갈까, 이대로 돌아가면 문 교수에게 혼나지는 않을까 상의할 때, 이본에게 전화가 왔다. 이본이 잠시만요, 하더니 곧장 스피커폰으로 돌렸다.

답사는 잘들 하고 있어?

문 교수의 목소리가 들렸다.

내가 거기들 어디 있는지 맞혀볼까? 첨성대지?

어떻게 아셨냐고 묻자 문 교수는 다 아는 수가 있지, 능청스레 답하며 하루에 두 번 첨성대 투어를 하니 꼭 해설을 듣고 오라고 했다.

3시에 시작하니까 10분 남았네.

철두철미한 문 교수. 건축학과의 칸트라 불릴 만했다. 힘없이 그러겠다고 하자 문 교수가 덧붙였다.

아마 배울 게 많을 거야.

3시가 되자 신라 전통 의상을 입은
할아버지가 첨성대 앞에 섰다. 옥빛으로 물을
들인 의상을 입은 할아버지는 핸드 마이크를
손으로 톡톡 치며 테스트한 뒤 허리를 정중히
숙였다.

첨성대가 선덕여왕 재위 중에
축조되었다고 하지요? 제 이름도 선덕입니다.
그 귀한 인연 덕인지 10년 넘게 첨성대
길라잡이를 지내고 있습니다.

관광객은 나와 이본밖에 없었지만
길라잡이 할아버지는 진지하게 첨성대의
역사와 배경을 설명해주었다. 첨성대는
362개의 화강암으로 정밀하게 쌓아 올린
건축물이었다. 돌의 개수는 음력으로 따진

1년의 일수와 같고 촘촘히 두른 스물네 개의 단은 한 해의 절기를 의미한다고 했다. 할아버지가 물었다.

숙녀분들 시력 좋으십니까?

단과 단 사이, 돌과 돌 사이를 유심히 들여다보면 줄눈이 정갈하고 모자람 없이 정렬되어 있을 거라고 할아버지는 부연했다. 할아버지 말처럼 매끈히 다듬은 돌이 틈도 흠도 없이 층층이 쌓여 있었다. 시멘트와 규사 없이 온전히 흙으로만 석재를 결합하고 균형을 맞추었다는 게 경이로웠다. 얼마나 많은 공력이 들었을까. 세부까지 꼼꼼히 조율하고 계산하는 데까지는 아마 큰 품이 들었을 것이다. 그 수고를 가늠하며 첨성대의 좌측과 우측, 뒷면과 앞면을 눈으로 담았다. 석단 중간에 뚫린 창을 가리키며 할아버지는 해설을 이어갔다.

흔히 첨성대를 별을 관측하기 위한 탑이라고 합니다. 외국인들도 첨성대를 Star Gazing Tower라고 부르니까요.

할아버지의 유창한 영어 발음에 이본이 오, 하고 작게 감탄했다.

신라인들이 별을 경외했다고 하니 그것도 맞는 표현입니다만, 저는 외국인들에게 첨성대를 소개할 때 꼭 The Future Gazing Tower라고 합니다. 이곳에서 우리 선조들은 별만 감상한 게 아니라 내일을 본 것이라고 설명하죠. 별의 광휘가 우리에게 닿기까지는 수백, 수천 년의 세월이 걸리지요. 그 때문에 저는 신라 사람들과 우리가 같은 빛을 보고 있는지도 모른다고 생각합니다. 선조들은 반짝이는 하늘을 올려다보며 내일의 날씨를 예측하고 후세의 안녕을 빌었을 겁니다. 잘 살거라, 속으로 빌지 않았을까요. 그리고 그

깊은 뜻을 담아 362개의 돌을 곡진히 쌓아

올린 게 아닐까 싶습니다.

　　할아버지가 온화한 목소리로 곁들인

설명이 내 마음을 조용히 움직였다. 저 안에

들어가 내일을 기원했을 먼 과거의 사람들을

상상해보았다. 바람이 부는 방향에 따라

나무의 잎사귀가 흔들리고, 때에 따라 별과

구름의 흐름이 바뀌는 것을 지켜보며 내일을

꿈꾸었을 옛 사람들. 설계실 창가에서 계절이

바뀌는 것을 지켜보던 나와, 닮아 있는

사람들. 나와는 동떨어지게 느껴졌던 이곳의

삶이 점차 경계를 허물고 내 안으로 스며드는

것 같았다.

　　안에 들어가봐도 돼요?

　　이본의 물음에 할아버지는 인자하게

웃으며 그럴 순 없다고 했다.

　　제가 주인이라면 몇 번이고 들여보내

주었을 테지만 저도 이곳에 머물고 있는 객인지라 어쩔 수가 없네요.

이본이 손을 들고 질문을 이었다.

가까이서 보면 모르겠는데 멀리서 보면 탑이 조금 기울어져 있거든요. 지진 때문인가요?

이번 지진 말씀이십니까?

네.

그 영향도 있겠죠. 두 번의 지진을 거치면서 석축이 1.2센티미터 정도 벌어졌다고 합니다. 그치만 단지 지진뿐이겠습니까? 고려 말 몽골군이 침략했을 때는 탑 윗부분에 밧줄을 걸고 끌어당겨 파손하려 했고, 임진왜란 때에는 이 일대에 큰 전쟁이 벌어져 윗단이 조금 부서졌다고 합니다. 일제강점 때에는 왜놈들이 이곳을 일부러 개방하여 보존을

막기도 했고요. 그런 고초 속에서도 이 탑은
이만큼 꿋꿋하게 버틴 거지요.

할아버지가 우리를 둘러보며 말을 이었다.

사람의 수명을 백 년이라 가정할 때,
우리가 열 번을 나고 죽어야 비로소 천 년이
흐르는 셈입니다. 참으로 아득한 세월이지요?
이 탑은 그보다 더 긴 세월을 버텨주었어요.
흔들리기도 하고 기울어지기도 하면서요.
대견하지 않습니까?

재건이나 복원을 거치지 않은 유일한
건축물은 첨성대뿐이라고 부연하며
할아버지는 이본과 눈을 맞추었다.

자, 설명이 되었습니까?

이본이 전에 없이 밝은 목소리로 답했다.

네, 충분히요.

안압지 앞에 있는 노점에서 대나무

양산을 두 개 샀다. 만듦새는 좋지 않았지만 펼치면 안쪽에 수놓인 얼굴무늬 수막새가 보였고 강렬한 햇살도 어느 정도 막아졌다. 같은 양산을 쓴 채 이본과 나란히 걸었다.

안압지를 한 바퀴 돈 다음, 큰길을 따라 황룡사를 천천히 거닐었다. 한때는 9층의 웅장한 목탑까지 두었던 사찰은 풍파를 거치며 이제 빈터로 남아 있었다. 중문과 회랑의 흔적들을 쓸쓸히 바라보며 황룡사를 빠져나왔다.

들판과 나무로 둘러싸인 길은 포장도로보다 시원했다. 물기와 풀기를 머금은 바람이 동쪽에서 불어왔다. 이본과 발길이 닿는 대로 지나온 길을 되짚어 걸었고, 도중에 허기가 져 아까 눈여겨본 한옥 형태의 과자점에서 간단히 배를 채우기로 했다.

2층 창가에 앉으니 첨성대뿐 아니라

안압지와 석빙고까지 훤히 보였다. 여기서
구경할 걸 그랬다고 생각하며 차가운
소프트아이스크림을 먹었다. 피로와 열기가
가시는 듯했다. 이본도 그란데 사이즈의
아이스 아메리카노를 들이켜며 숨을 고르고
있었다.

그거 바닐라 맛이야?

이본이 물었다. 두부 맛인데 맛보겠냐고
하자 이본은 내가 쓰던 스푼을 망설임 없이
받아들었다. 스푼이 오가는 동안 우리는
소소한 대화를 나누었다. 문 교수 학점 너무
짜지 않냐, 모형은 또 언제 만드냐, 그럼
방학도 다 지나 있겠네. 대화 중 이본의
고향이 전남이라는 사실도 알게 되었다.

전남 순천이 고향이야. 순천 가본 적
있어?

순천…… 고추장?

고추장은 순창이고.

민망함에 이마를 긁적였다.

난 너 서울 사람인 줄 알았어. 사투리를 안
써서.

내 말에 이본은 유쾌하게 답했다.

아따, 우덜은 우덜끼리 모여 있을 때만
사투리 쓰제. 아니믄…… 승날 때나.

이본의 사투리는 구수했고, 괜히 권정연
씨가 떠올라 웃음이 터졌다. 이본도 같은
생각을 한 건지 가볍게 웃고 있었다. 어쩐지
허울이 벗겨진 듯했고 그 때문에 조금은
난감한 질문을 던질 용기도 생겼다.

전부터 궁금했는데 왜 건축과로 전과한
거야? 우리 과…… 곧 없어질 수도 있다는데.

이본은 잠깐 뜸을 들이다 답했다.

처음엔 오기 때문에 들어왔던 것 같은데.

오기?

넌 금방 나갔지만 난 모나키에 꽤 오래 있었거든. 근데 타과라서 공모전에 껴주지 않더라고. 건축 공모는 상금도 크다던데. 지들끼리만, 너무하잖아. 그래서 나도 너네만큼 할 수 있다, 보여주겠다 하는 오기로 전과했지.

뜻밖이었다. 가업을 잇는다거나 존경하는 건축가의 발자취를 따르고 싶다는 거창한 동기가 있을 줄 알았는데 괜히 맥이 빠졌다.

왜? 속물 같아?

흠칫했지만 찬 것을 한꺼번에 삼켜 머리가 띵했다는 핑계로 상황을 모면했다. 이본은 별 대꾸 없이 말을 이었다.

그렇게 시작했는데 막상 해보니까 그 오기가 애정의 동의어 같기도 하더라. 나 뭐든 빨리 질려하거든. 근데 건축은 싫증이 잘 안 나. 내 뜻대로 안 될 때는 화도 나는데 그래도 될 때까지 해보면 언젠간 뭐라도 되어 있잖아.
그게 좋아.

잠시 텀을 둔 뒤 이본은 좋으니까 하는
거야, 라고 이유를 보탰다. 그렇게 말해놓고
머쓱해졌는지 금세 새침한 투로 너는? 하고
되물었다.

너는 건축 왜 하고 싶은데?

근본적인 물음이었지만 나는 늘 근본
앞에서 주춤댔다. 건축이 왜 하고 싶은 걸까.
의도가 어긋나고, 계획이 어긋나고, 답이
아니라 늘 풀어야 할 숙제를 던져주는데도
왜 건축을 하는 걸까. 명확한 대답 대신 나는
아이스크림을 단번에 삼킨 뒤 그만 가자고
했다.

카페에서 나와 골목을 도니 사방이
고분이었다. 이본과 함께 금관총 쪽으로
향했다. 이곳까지만 둘러보고 산내면에

가기로 했다. 큰 느티나무 아래서 등을 맞대고
책 읽는 연인도 보였고, 휠체어에 탄 아이를
이끌고 산책하는 여자도 눈에 띄었다.

저기 봐.

이본이 내 손등을 톡톡 쳤다. 줄기가
굵고 잎이 무성한 느티나무가 고분에 뿌리를
내리고 있었다. 한 그루가 아닌 제법 많은
나무가 고분 둘레를 따라 듬성듬성 자라고
있었다. 어림잡아 수령이 수백 년은 될 법한
나무들. 가지에서 줄기를 따라 고분으로
떨어지는 환한 빛줄기를 조용히 바라보았다.
우리가 열 번을 나고 죽는 동안에도 이어지고
버텨내는 것. 그것을 상기하며 나무를
응시했다.

산내면 고택에 다다르자 입구에서부터 기름 냄새가 풍겼다. 초인종을 누르니 권정연 씨 대신 앙증맞은 앞치마를 입은 문 교수가 문을 열어주었다.

이야, 거기들 얼굴이 빨갛게 익었다. 아주 열심히 돌아다녔나 보네.

문 교수는 나와 이본을 번갈아 보며 웃음을 터트렸다. 이본이 문 교수의 앞치마에 시선을 둔 채 말을 받아쳤다.

교수님도 요리를…… 아주 열심히 하셨나 봐요.

아…… 이거? 옷 버리면 안 되잖냐. 빨리들 들어와.

횡설수설하며 문 교수는 고양이가 수놓인 앞치마에 손을 문질러 닦았다. 마당에 들어서자 고소한 냄새가 더 진해졌다.

툇마루에 앉아 부침개를 부치던 권정연 씨가 우리에게 눈인사를 했다.

왔어요? 얼굴이 벌겋게 익었네. 저기 가서 시원하게 세수 좀 해요.

마당 한편의 간이 세면장에 쪼그려 앉아 손과 얼굴을 씻으니 한결 상쾌해졌다. 팔에 물을 끼얹을 때는 따끔거리면서도 기분이 좋았다. 이본도 고민하다 비누로 거품을 내어 세수를 했다. 개운하지? 묻자 이본이 수건에 얼굴을 파묻으며 웅얼댔다.

뭐, 좀 낫네.

그러는 동안 문 교수는 접시를 도마 삼아 애호박이며 상추를 숭덩숭덩 썰었다. 비빔밥에 넣을 채소를 손질 중이라고 했다. 권정연 씨가 문 교수의 등을 찰싹 쳤다.

워메, 이 화상. 멀쩡한 도마는 왜 안

쓴당가.

그럼 설거지가 늘잖아.

글고 비빔밥에 옇거를 글케 크게 쓸믄
돼야? 잘게 쓸어야제!

알았어, 정연아. 화내지 마.

사근사근 말하는 문 교수가 적응되지
않았다. 낯간지럽기도 했고. 홍사애 씨는
툇마루 기둥에 기대어 앉아 오이를 오물오물
씹으며 그 광경을 흐뭇하게 지켜보고 있었다.

제철 채소를 듬뿍 넣은 비빔밥과 얼음
띄운 오이냉국, 부추전으로 든든히 배를
채운 뒤 툇마루에 모여 앉아 잘 익은 수박을
나누어 먹었다. 높은 건물이 없어 밤하늘이
잘 보였다. 담장 밖에서 솔부엉이 울음소리가
들렸고, 날벌레가 달려들 때마다 기와에
걸어둔 벌레 퇴치기에서 타닥타닥 소리가
났다. 이본은 어느새 홍사애 씨와 실뜨기를

하고 있었다. 엄지와 검지에 실을 걸어 반듯한 젓가락 모양을 만들기도 하고, 감은 실을 홍사애 씨에게 노련하게 넘겨 물고기 모양을 만들기도 했다.

할매, 손을 그라고 빼지 말고. 저짝으로 빼요잉.

일케야……?

아니. 일케 좀 해보쇼.

친척 집에 온 듯 여름밤이 포근하게 느껴졌다. 문 교수가 나지막이 중얼댔다.

이 무드에 음악이 빠지면 섭섭하지.

문 교수는 거실로 가더니 콧노래를 흥얼대며 엘피를 골랐다. 문 교수가 턴테이블에 엘피를 걸자 드뷔시의 곡이 흘러나왔다. 밤과 닮은 부드러운 곡이었다. 설거지를 마치고 툇마루로 나온 권정연 씨가 내 옆에 앉았다.

도시랑은 다르죠? 집들도 다 낮고.

네. 그래서 좋아요.

권정연 씨는 얼음물에 담가두어 차가워진 수박을 내게 건네주었다.

전에 쌀쌀맞게 군 건 미안해요.

아네요. 제가 죄송하죠…….

허물고 새로 짓는 게 내 입장에서도 더 맘 편해요. 언젠간 이사하고 싶을 수도 있고, 팔고 싶을 수도 있으니까 기왕이면 새 집이 낫기도 하고요. 근데 이제는 그러고 싶지 않아요. 여기가 손볼 데는 많아도…… 우리 아빠가 지은 집이잖아요.

권기석 씨가 연고도 없고 병원과 한참 떨어진 산내면 집을 덜컥 샀을 때는 그 고집이 거슬려 몇 년을 내려와 보지도 않았다고 권정연 씨는 회고했다. 문 교수가 옆에서 짓궂게 말을 얹었다.

하여간 강성이야. 불같아.

권정연 씨가 눈을 흘기자 문 교수는 딴청을 피웠다. 수박에서 씨를 골라내며 권정연 씨는 말을 이었다.

그렇게 척졌는데 아빠 돌아가신 후에 왜 여기에 집을 지었는지 알게 됐어요. 아빠가 남기고 싶던 게 뭐였는지도 뒤늦게 깨달았구요. 이 툇마루에 앉아 있으니 보이더라구요.

권정연 씨가 안마당을 바라보았다. 너른 툇마루가 하나의 큰 창이 되어 마당을 감싸고 푸른 넝쿨이 둘러진 담장과 검은 하늘을 품고 있었다. 바람이 불 때마다 모과나무와 자두나무 사이 걸어둔 빨랫줄이 고요하게 흔들렸다. 줄에 걸린 수건도 따라 살랑거렸다.

차경.

권정연 씨도, 문 교수도, 그리고 나도

느리게 흘러가는 각자의 여름밤을 조용히 누렸다. 문 교수가 마당으로 수박씨를 힘껏 뱉었다. 권정연 씨도 씨를 멀리로 뱉었다.

이게 제일 좋아요. 아무 데나 수박씨 뱉을 수 있는 거. 아파트에서는 이렇게 못하잖아.

과일을 더 내와야겠다며 권정연 씨가 부엌으로 향했고, 문 교수는 힐끗 뒤를 돌아보더니 우리에게 조용히 속삭였다.

어때? 경주에서 배운 게 좀 있는 거 같아?

이본이 홍사애 씨에게 차례를 넘기며 말했다.

조금요.

거기는?

문 교수가 내게 물었다. 저도 조금, 하며 나는 말을 흐렸다. 문 교수가 말을 이었다.

현실적인 어려움은 건축가보다 공간에 정주하는 사람들이 더 잘 알아. 건축이란 건 설계도 안에서만 이뤄지는 게 아니라 항상 그 바깥에서 이뤄지니까, 정면으로 부딪혀야 할 때도 있지만 타협할 때도 있고 경청해야 할 때도 있는 거야.

권정연 씨에게 무턱대고 재건을 제안한 게 부끄러워졌다. 집을 헐고 구조를 바꾸어도 풍경은 남겠지만 이 공간에 남아 있는 권기석 씨의 흔적과 기억은 사라질 것이다. 문 교수가 완곡히 말했다.

거기들을 탓하려는 게 아냐. 비난하려는 것도 아니고. 앞으로 건축을 하다 보면 이보다 더한 일들도 생길 거야. 그때마다 스스로 깨닫게 되겠지. 우리가…….

시원한 복숭아가 왔어요.

복숭아가 넘치게 담긴 그릇을 들고 권정연 씨가 툇마루로 걸어오고 있었다. 문 교수는 말을 멈추고는 권정연 씨를 보며 미소

지었다. 서정적인 독주곡이 끝나고 왈츠가
재생되고 있었다. 음악에 맞추어 우아하게
몸을 들썩이던 권정연 씨가 돌연 휘청거렸다.

톳마루 밑에서 경미한 진동이 느껴졌다.
곧이어 집채가 미세하게 흔들렸고 쿵, 하는
소리와 함께 턴테이블에서 날카로운 마찰음이
들려왔다.

지진이었다. 찰나에 유리그릇이 떨어져
조각났고, 그 소리에 놀란 홍사애 씨가 귀를
틀어막은 채 비명을 질렀다. 이본도 창백해진
얼굴로 기둥을 붙잡았다. 속이 울렁거렸다.
권정연 씨가 재빠르게 홍사애 씨를 들쳐
업었다. 문 교수가 우리를 향해 소리쳤다.

빨리 신발 신어!

문 교수는 빨랫줄에 걸린 수건을 거칠게
잡아당겨 그것으로 머리를 보호하라고 했다.

나는 이본의 팔을 잡아 끌었다. 그제야 이본도 정신을 차리고 서둘러 신발을 신었다.

정연아, 대피소, 대피소가 어디야?

문 교수가 외쳤다. 강진이 길어지고 가로등까지 꺼지자 홍사애 씨의 비명은 더욱 거세셨다. 홍사애 씨를 챙기던 권정연 씨의 얼굴이 굳어졌다.

몰라, 모르겠어…….

어디로 가야 되는데?

몰라, 이런 적이…… 처음이라.

패닉에 빠진 듯 권정연 씨는 갈피를 못 잡고 두서없이 떠들었다. 식은땀이 흘렀다. 이제 어떻게 되는 걸까. 황망히 두리번댈 때, 암흑 속에서 조약돌만 한 빛점이 한두 개씩 보이기 시작했다. 빛이 점차 가까워지더니 곧 우리 발밑까지 닿았다.

보소, 보소!

러닝을 입은 아저씨가 핸드폰 플래시를 밝힌 채 이리 오라고 손짓하고 있었다. 부모로 보이는 키 작은 노인 둘을 이끈 채 아저씨는 우리에게 능으로 가자고 했다. 서둘러 달려가는 우리와 달리 권정연 씨는 홍사애 씨를 등에 업은 채 주춤댔다. 아저씨가 소리쳤다.

뭐 하는교? 할매 갱기 일으키는 거 안 비소? 퍼뜩 오소.

권정연 씨는 홍사애 씨를 추켜올린 뒤, 아저씨와 그 가족들을 뒤따랐다. 플래시를 켠 채 그들을 따라 함께 달렸다.

능에 도착해서야 뒤늦게 지진 경보가 울렸다. 고도도 높고 주거지와 동떨어져 있어 핸드폰 신호가 약했다. 높은 데시벨의 경보는 몇 분간 울리더니 혼선과 함께 끊겼다. 문 교수는 119에 구조 요청을 한다며 신호가

잡히는 곳을 찾아 도로까지 나갔고, 나와
이본, 권정연 씨 모녀는 플래시 불빛에 의존한
채 마을 사람들과 능 앞에 모여 있었다.
손가락 끝에 이본의 손이 닿았다. 이본의 손을
꼭 쥐었다. 땅의 진동은 잠잠해졌지만 언제고
또 지진이 일지 않을까 두려웠다.

　괜안나?

　희미한 불빛 속에서 아저씨가 말했다.

　무서워요.

　식은땀을 흘리는 이본을 보며 아저씨는
침착하게 말했다.

　별거 아이다. 여 있다가 누 오면 같이
대피소 가면 된다. 괜안타.

　아저씨가 우리를 진정시키는 동안
노부부는 홍사애 씨의 경련이 잦아들고
숨소리가 고르게 이어지기를 기다리며 옆에서
꾸준히 말을 걸고 입에 물을 흘려주었다.

홍사애 씨의 상태가 나아지자 노부인은
권정연 씨까지 두루 살폈다.

아야, 니는 맨발로 왔나? 이 발 쫌 봐라. 다
까인 거.

노부인이 쪼그려 앉아 권정연 씨의 발을
매만졌다. 그제야 잔디와 흙이 잔뜩 묻은
권정연 씨의 맨발이 눈에 들어왔다.

야, 욱아, 니 쓰레빠 쫌 벗어봐라.

아저씨가 신고 있던 슬리퍼를 재빨리
벗어 권정연 씨 발 앞에 두었다. 그때까지
멍해 있던 권정연 씨가 화들짝 놀라며 손을
내저었다.

아네요. 괜찮아요.

발뒤축이 엉망인데 뭘 안 신나. 발도
보들보들한 거시 얼라 발 같아가. 퍼뜩
신아라.

슬리퍼를 신겨주려는 노부인을 보며

권정연 씨는 어쩔 줄 몰라 했다.

갑자기 왜 이렇게 잘해주세요.

응? 뭐라노?

저희를 좀…… 싫어하셨잖아요.

누? 우리가?

근데 지금은 이렇게 잘해주시니까…….

노부인 옆에서 아저씨가 권정연 씨에게
슬그머니 말을 걸었다.

혹시 도시까스 땜에 그라는교?

그것도 글코…… 울 집을 자꾸 몰래 봐
싸니까…… 여 사람 아니라고 그런 거 아닌가
싶어서.

아이고, 오해가 있었는 갑네.

매설을 반대한 건 두 차례 강진이 인 뒤
지반이 약해진 탓이라고 아저씨는 해명했다.
가스관 매설이 워낙 대공사인데 그 기간 동안
지진이라도 발생하면 대참사가 벌어지지

않겠냐며 자기들도, 마을 사람들도 우려가
컸다고 전했다.

그러고 아픈 할매랑 딸내미밖에 없는데
들다 봐야지예. 집에 문제 생기면 우짤라고.
안 그럽니까?

아저씨는 무뚝뚝하지만 속정 깊게
슬리퍼를 내주었다.

편하게 신으소. 이웃끼리 이럴 때 돕는
겁니다.

왜인지 모를 안도를 느끼며 그들의
대화를 엿들었다. 슬쩍 빠지자며 이본이 내
손을 잡아끌었다.

이본과 단둘이 능 끝에 비스듬히 앉아
문 교수가 오길 기다렸다. 암흑 속에 오래
놓여 있다 보니 점차 밤눈이 트이고 능의
윤곽도 뚜렷해졌다. 정전이 온 뒤라 밤빛이
더 짙었다. 너르고 투명한 밤하늘에 떠 있는

별도 고스란히 보였다. 이본과 손을 마주 잡은 채 별무리에 희미한 윤곽을 드러낸 언덕과 능선을 바라보았다.

높고 낮고 완만하다 굽이치며 험준하다가도 부드러워지는 선들. 건축이 무언지 자문하고 자책하면서도, 연필을 잡고 제도 선을 잇다 보면 늘 무언가 만들어져 있었고, 거창하고 근사하진 않아도 두껍고 얇은 선들을 한데 연결하다 보면 다음에 해야 할 게 무언지 조금은 알 수 있었다. 가늘지만 끊기지 않는 선을 마음속에 고이 그려보았다. 이 선도 조금씩 잇다 보면 언젠간 둥글게 연결된 등고선이 되겠지.

그렇게 우리가 포기 없이 오래, 아주 오래 이어갈 것들을 떠올렸다. 이 여름에 내가 풀어야 할 숙제가 무언지 조금은 알 수 있었다.

작가의 말

경주에서 배운 것

2023년 10월, 홀로 경주 여행을 다녀온 뒤
《우리가 열 번을 나고 죽을 때》를 구상했다.
소설의 배경이 된 첨성대와 금관총, 봉황대를
한가로이 산책했던 지난가을이 떠오른다.

첨성대를 둘러 걷는 동안 신라 전통
의상을 입은 할아버지와 만났다. 소설에
나오는 것처럼 길라잡이 할아버지는 아니었고
경주의 원주민이었다.

그의 맑은 에너지 덕에 여로가 더 넉넉해졌다. 오래된 건축물을 감상하는 것도 좋았지만 그곳에 적을 둔 이들과 한 길을 걷고 같은 풍경 속에 스며드는 것이 더 좋았다.

해가 진 뒤에는 봉황대를 천천히 누볐다. 새서와 이본처럼 고분에 뿌리 내린 은행나무 몇 그루를 넋 놓고 바라보기도 했다. 경주는 유물 발굴이 활발한 지역이지만 봉황대는 파헤친 흔적 없이 온전했다. 나무가 훼손될 것을 염려하며 출토를 미룬 이들의 사려 덕이다.

고분 아래 깊숙이 뿌리 내리기까지 나무는 어떤 세월을 견뎠을까. 그리고 이곳에 터를 잡은 이들은 삶에 어떤 나이테를 새겼을까. 육안으로 확인할 수 없는 누군가의 꿈, 좌절과 낙관, 그리고 우정을 상상하며 밤길을 걸었다.

❖

소설의 제목을 두고 고심하다 지금의
제목을 택했다.

안 중 하나는 '경주에서 배운 것'이었다.
경주(慶州)는 지명이기도 하지만, 빠르기를
겨룬다는 뜻의 경주(競走)라는 뜻도 품고 있다.

경주 여행을 갈 무렵 나는 조바심 때문에
늘 밤잠을 설치곤 했다. 삶이 모래주머니를
달고 내달려야 하는 레이스처럼 느껴지기도,
홀로 뒤처지는 것 같아 갈급하기도 했다.
누군가 안부를 물으면 잘 지내고 있다고
했지만, 실은 '잘 지낸다'는 말에 붙은 무수한
조건과 기대를 헤아리며 나를 질책하는
순간이 많았다.

삶이 경주가 아니라 느긋한 동행이라는

건 소설을 쓰며 배웠다. 글 안팎에서 마주하는
이들과 함께 걷고, 속도를 맞추고, 때론
멀찍이 떨어져 둥근 뒤통수를 바라보는 일.
그렇게 느리게 나아가다 보면 누군가 멈춰 서
나를 기다려주기도 했다.

묵직한 모래주머니를 빗겨주고, 곁에서
보조를 맞추어준 건 소설 속 인물들이기도
하나 대개는 가족과 친구, 그리고
독자들이었다.

그래서 이 소설이 그들을 위한 것이 되길
바란다. 문학이라는 여로를 같이 느리게
걸으며 토끼풀로 팔찌도 엮고, 바람이
나뭇잎을 쓸고 지나는 소리에 귀 기울이기도
하고, 고택에 앉아 구름의 속도를 가늠하고.
그러다 길의 끝에서 그들에게 잘 지내요,
조건이나 대가가 붙지 않은 다정한 인사를
건네고 싶다.

우리가 나고 죽을 동안 삶은 수없이 흔들리고 어긋날 수 있을 테지만, 그 여진 속에서 기꺼이 손잡아줄 사람이 있다면 누구든 조금은 안도하리라 믿는다.

내가 지은 이 집에서 당신이 근심 없이 몸 누일 수 있길 바라며.

2025년 2월

성해나

성해나 작가 인터뷰

Q. "원래 그렇게 에고가 약한가?"(14쪽) "재능이란 게 정말 있는 걸까."(56쪽)《우리가 열 번을 나고 죽을 때》에 대해 말하려면 먼저 이 두 가지 문장에서 시작해야 한다고 생각했어요. 한 걸음 한 걸음을 의심하며 내딛는 '숙제' 재서와, 한마디를 해도 비범해 보이는 '귀감' 이본. 많은 사람들은 이본이 되기를 꿈꾸면서 재서처럼 살아가는 것 같아요. 내겐 없는 것 같은 타인의 재능을 시기하다가 우울감에 빠지고, 이내 재능이란 게 무엇인지도 모르게 되는……. 작가님께서는 '약한 에고'와 '자기 의심'의 순간이 언제 찾아오나요?

A. 지금은 무던해졌지만 한때는 재능이 무언지 자주 고민했어요.

글을 쓰다 보니 누군가의 결곡한 문장과

그 안에 담긴 깊이를 톺을 때마다 벅차면서도
다른 한편으론 슬퍼졌던 것 같아요. 어떤
수작을 읽을 때는 아, 나는 다시 태어나야
이런 글을 쓸 수 있겠구나, 울적해지기도
했구요.

재능은 개개인의 고유한 인장이라
생각했고 평범한 저는 그게 없는 사람이라
여겼어요. 그래서 제 문장을 의심하고 자질을
시험했던 순간이 많았죠.

하지만 쓰다 보니 재능의 정의가
달라졌어요. 지금은 이렇게 생각해요.
재능이란 품고 태어나는 게 아니라 좋아하는
그것 때문에 내가 두려워하고 싫어하는
무언가를 감내하고 견딜 수 있게 만드는
힘이라구요. 서서히 내 안에 새겨지는
것이라고 여겨요.

지금도 작품을 내보이기 전까지 이

작품은 믿음직스럽지 않은 것 같네, 자신이 없네, 별의별 걱정을 다 하는데, 그 순간이 이제 그리 길지 않아요. 비관과 의심보다는 자기 확신이 나를 더 단단하게 해준다는 것을 알게 되었어요. 늘 따라 읽어주시는 독자분들의 격려와 지지 덕분에 그것을 배웠어요. 정말 감사하지만 과신하지 않으려 매번 마음을 다잡고 있어요.

Q. 소설에서 재서와 이본이 받은 과제는 이백 년 된 고택을 개축 설계하는 것이었죠. 오래된 고택에 고스란히 남은 시간의 흔적은 '개축과 재건' 사이에서 두 사람을 시험하는 것만 같고요. "건축은 부동이 아닌 유동을 추구"(53쪽)한다는 구절처럼, 때로는 지키는 것보다 해체하는 것이 합리적일 때도 있죠. 하지만 소설은, 그럼에도 불구하고 지켜야 하는 것들에 대해 이야기해요. 한편으론 원고를 고치고 다듬는 일도 고택을 정비하는 일과 비슷하다고 느껴졌어요. "될 때까지 해보면 언젠간 뭐라도 되어 있"(93쪽)다는 점에서도요. 작가님께서도 퇴고 과정에서 완벽을 추구하기보다 허술하더라도 시작할 때의 마음을 남겨두기로 결정하셨던 적이 있나요?

A. 늘 그렇죠. 저는 완벽주의자가 못 돼요. 타이트하게 시간을 안배해 글을 쓰고, 티끌만 한 결점까지 찾아내며 퇴고하는 방식이 저와 맞지 않는다는 것을 경험으로 배웠습니다. 초고를 쓸 때도, 퇴고할 때도 적당한 힘을 주려 해요. 과도하게 힘 쏟지 않으면서 요행 없이 꾸준히 쓰려구요.

〈아부레이수나〉라는 경상도 민요가 있어요. 경상도에서는 모내기 철마다 이 노래를 부른다고 해요. '서두르지도 게으르지도 않게'라는 뜻의 '아부레이수나'를 되새기며 저는 소설을 써요.

농업학교에 다니며 3년 정도 농사를 배웠어요. 그 때문인지 글 쓰는 과정이 농사와 비슷하다고 여길 때가 많아요. 빈터에 모를 심듯 백지에 문장을 새기고, 잡초 솎듯 문장을 고치고 언어를 다듬는 과정이 닮아 있죠.

성실히 지은 한 해 농사를 허무하게 망치듯 작가의 의지나 노력과 관계없이 결과가 참담할 때도 있다는 것 역시 그렇구요.

글쓰기란 요행도 없고 예측 불허인 데다 때론 고단하기도 하지만, 그 성실하고 곡진한 과정이 좋아요. 완벽하려 애쓰는 것보다 서두르지도 게으르지도 않게, 계속해보는 과정도 즐겁구요.

한 본의 통나무가 한 채의 집이 될 때, 모내기 끝물 줄지어 심긴 모를 바라볼 때, 퇴고를 마치고 그간 써온 글을 찬찬히 되짚어볼 때…… 비록 엉성하고 더뎌도 묵묵히 걷다 문득 뒤를 돌아보면 지나온 길에 발자국처럼 새겨진 시간이 보여요. 글과 건축, 농사뿐 아니라 삶의 모든 과정은 그렇게 빛나는 궤적으로 이루어진 것 같아요.

Q. 편하고 빠른 3D 프로그램 대신 연필 제도만 고집하는 문 교수의 방식은 세련된 건물을 짓는 방법이 아니라 등고선 하나를 그릴 때도 담아야 하는 마음가짐을 돌이키게 해주는 듯해요. 호되게 당한 재서와 이본은 경주를 둘러보다가 첨성대 앞에 다다랐을 때에야 그 본뜻을 조금쯤은 이해하죠. 경상북도와 경산, 경주를 배경으로 삼으신 특별한 이유가 있었을까요? 마치 눈앞에 존재하는 것처럼 생생하게 그려지는 고택도 모델로 삼으신 건물이 있었는지 궁금합니다.

A. 건축 편람이나 잡지 읽는 걸 좋아해요. 다양한 프로젝트들이 도시를 중심으로 이뤄지곤 하더군요. 지역의 특성을 살린 건축물을 쉽게 찾아볼 수 없다는 사실이 애석하기도 하지만 이해도 갑니다. 건축은 곧

현실과 마주해 있으니까요. 소설 속에서라도
지역성이 담긴 공간을 축조하고, 그곳에서
정주하며 살아갈 이들을 담아보고 싶었어요.

경상도에서 살아갈 전라도 사람은 어떨까,
궁금해지기도 했던 것 같아요. 지역감정이나
멸시 없는 정겨운 공간을 그리고 싶었어요.
실제로 제가 가본 경주가 그랬구요. 천년
고도인 경주는 유서 깊은 건축물이 남아
있는 곳이고, 평온하고 느린 동네죠. 경주
지진이 발생했을 때의 일지를 살펴보는데,
마을 사람들이 한동안 서로의 잠자리를
살펴주었다는 대목이 있었어요. 그런 다정과
지지가 이 소설의 기축이 된 것 같아요.

산내면 고택은 상상에 의존해 설계했지만
다 쓰고 보니 정지용 건축가의 영향을
받았다는 생각도 들어요. 다큐멘터리 〈말하는
건축가〉에서 정지용은 자신이 설계한 주택에

고즈넉이 앉아 이렇게 말해요.

　"여기는 시간이 머무는 집인 것 같아.
도시에는 시간이 다 도망가 버렸는데. 여긴
공간이 있고, 시간이 있고, 자연이 있고,
도시에선 감히 감각할 수 없는 것들이 은근히
스며들어."

　산내면 고택도 그런 곳이길 바라요.
시간이 머물고, 삶이 스며드는 곳. 과거와
현재, 미래가 한데 모이는 장소요.

Q. 느티나무가 보이는 구관 설계실 창가 자리에 앉아 재서가 '차경'을 배웠듯, 소설을 읽으며 경치를 빌린다는 것의 진의를 다시 곱씹게 되었어요. 지겹고 질려서 떠나고만 싶은 집 앞 골목에도 알게 모르게 기대왔던 경치가 있음을 느끼게 되었고요. 작가님이 "바람이 불 때마다 모과나무와 자두나무 사이 걸어둔 빨랫줄이 고요하게 흔들"(100쪽)리는 툇마루처럼 아끼게 된 풍경이 있다면 무엇이었나요? "우리가 열 번을 나고 죽는 동안에도"(94쪽)에도 끝내 "이어지고 버텨내는" 힘을 가졌으면 좋겠다고, 바라셨던 풍경이 있을까요?

A. 소설 속 재서처럼 저도 나무를 좋아해요. 나무가 가진 단단한 질감, 나이테가 지닌 세월의 굵직한 흐름, 나무의 군락이

숲을 이룰 때 펼쳐지는 싱그러운 아름다움이
좋아요.

아날로그 시대에는 나무를 접할 일이
지금보다 훨씬 많았겠죠. 소설에서처럼
연필로 제도를 하거나 종이에 스케치를 하는
식으로요. 그것이 문학과 연결되면 원고지에
글을 쓰거나, 타자기를 사용하거나, 혹은
서신을 주고받는 느리지만 따뜻한 풍경들이
그려져요.

한때는 전자책을 주로 읽었는데 요즘에는
종이책을 읽어요. 책엽을 넘길 때 간혹 이
책을 이루는 시간에 관해 상상해요. 여린
초목이 성목이 되는 동안 누군가는 책상에
앉아 글을 쓰고, 또 누군가는 교정을 하며
윤기를 더하고, 누군가는 성목을 단정히
가르고, 종이를 만들고, 인쇄를 하고, 종국에는
독자의 손에 닿는 과정을요.

그 찬찬하고도 경이로운 과정이 세월을 거슬러서도 오래 남길 바라요. 우리가 쓰고 읽는 것들도요.

한 조각의 문학, 위픽 (wefic)

위픽은 위즈덤하우스의 단편소설 시리즈입니다.
'단 한 편의 이야기'를 깊게 호흡하는
특별한 경험을 선사합니다.

이 작은 조각이 당신의 세계를 넓혀줄
새로운 한 조각이 되기를.
작은 조각 하나하나가 모여
당신의 이야기가 되기를.

당신의 가슴에 깊이 새겨질
한 조각의 문학, 위픽

위픽 뉴스레터 구독하기
인스타그램 @wefic_book

- 83

우리가 열 번을 나고 죽을 때

초판 1쇄 발행 2025년 3월 19일
초판 2쇄 발행 2025년 4월 18일

지은이 성해나
펴낸이 최순영

출판2 본부장 박태근
스토리 팀장 김소연
편집 곽선희 김다인 김해지
디자인 김준영 이세호

펴낸곳 ㈜위즈덤하우스 **출판등록** 2000년 5월 23일 제13-1071호
주소 서울특별시 마포구 양화로 19 합정오피스빌딩 17층
전화 02) 2179-5600 **홈페이지** www.wisdomhouse.co.kr

ⓒ 성해나, 2025

ISBN 979-11-7171-733-0 04810
      979-11-6812-700-5 (세트)

값 13,000원

· 이 책의 전부 또는 일부 내용을 재사용하려면 반드시 사전에
  저작권자와 ㈜위즈덤하우스의 동의를 받아야 합니다.
· 인쇄·제작 및 유통상의 파본 도서는 구입하신 서점에서 바꿔드립니다.